수
라
왕

4

이대성 신무협 장편소설

★
dream
books
드림북스

수라왕 4

초판 1쇄 인쇄 / 2014년 4월 30일
초판 1쇄 발행 / 2014년 5월 13일

지은이 / 이대성

발행인 / 오영배
책임편집 / 편집부
펴낸 곳 / (주)삼양출판사 · 드림북스

주소 / 서울특별시 강북구 솔샘로67길 92
대표 전화 / 02-980-2112 팩스 / 02-983-0660
편집부 전화 / 02-980-2116 팩스 / 02-983-8201
블로그 / blog.naver.com/dreambookss

등록번호 / 제9-00046호
등록일자 / 1999년 3월 11일

ⓒ 이대성, 2014

값 9,000원

ISBN 978-89-542-5437-3 (04810) / 978-89-542-5433-5 (세트)

* 지은이와 협의하에 인지는 생략합니다.
* 잘못된 책은 구입한 곳에서 바꾸어 드립니다.

이 도서의 국립중앙도서관 출판시도서목록(CIP)은 서지정보유통지원시스템홈페이지(http://seoji.nl.go.kr)와
국가자료공동목록시스템(http://www.nl.go.kr/kolisnet)에서 이용하실 수 있습니다. (CIP제어번호: 2014013453)

수
라
왕

4

이대성 신무협 장편소설

dream
books
드림북스

차례

序章

그에게 물었다.

"만약에 강호인이 되지 않았으면 뭐가 되었을 것 같아?"

그는 내 질문에 잠시 고민했다. 그러다 피식 웃으며 말했다.

"아마 상인이 되었거나 표국을 운영하고 있었겠지."

"뭐야, 그게? 재미없게."

"재미라……. 하긴 네 입장에서 보면 시시해 보이긴 하겠군."

그래도 현재 천하제일인이 아닌가?

그랬기에 뭔가 그럴싸한 대답을 기대했는데 너무도 평범하고 흔한 대답이었다. 내 이런 반응에 그는 가볍게 웃으며 물었다.

"너는?"

"나? 내가 뭐?"

"너는 강호인이 되지 않았으면 뭐가 되었을 것 같아?"

나?

그러고 보니 한 번도 그런 생각은 해 본 적이 없었다.

강호인이 아니라니? 내가?

"그러고 보니 궁금하군. 흑월회의 은빛 여우께서는 강호인이 되지 않았다면 과연 무엇이 되었을까?"

나는 곰곰이 생각에 잠겼다. 그러나 선뜻 대답하지 못했다.

단 한 번도 내가 강호인이 아니었을 경우를 생각해 본 적이 없었던 것이다. 내 표정을 읽은 그가 희미하게 웃으며 대답했다.

"그게 너와 나의 차이다. 너는 무림을 떠나 살 수 없겠지만 나는 아니다."

"어련하시겠어?"

내가 핀잔을 주자 그는 찻잔을 입으로 가져가며 창밖을 바라보았다.

그리고 작게 입을 열었다.

"너는 이해하지 못하겠지만 나는 아직도 가끔은 이쪽 세계에 발을 들인 것을 후회해."

"……."

그때 언뜻 보인 서글픈 미소.

그게 아마 내가 처음으로 본 그의 약한 모습이었던 것 같다.

— 고금제일마와 만났던 어느 날.
냉하영의 회고록에서 발췌.

第一章
새벽의 불청객

　창천표국의 국주 초무령은 망연자실한 얼굴로 마당에 나와 있었다.

　방금 전 냉하영에게 그녀가 원하는 정보를 다 말해 주고 반쯤은 넋이 나간 채로 쉬고 있었던 것이다.

　"무슨 일이에요, 여보?"

　"부인……."

　초무령은 일그러진 얼굴로 아내를 응시했다.

　아내 역시 남편의 심각한 표정에서 알 수 없는 불안감을 읽었기에 조용히 다가와 손을 잡아 주었다.

　"힘든 일 있어요?"

　"류향이가……."

　초무령의 아내 유송령은 순간 얼굴을 굳혔다.

학업을 위해 유기산법무예학당으로 떠났던 아이였다.

그 아이에게 설마 무슨 일이 생긴 걸까?

유송령이 긴장한 얼굴을 해 보이자 초무령이 한숨을 내쉬며 입을 열었다.

"사실 얼마 전에 장 노인에게서 기별이 왔었소. 류향이가 학당에 있는 선생을 따라 어딘가로 여행을 간다는 것이었는데…… 뜻이 너무 완강해서 도저히 말릴 수가 없었다고. 당시에는 생각이 깊은 아이니 별일 없을 거라 여겼는데 설마 기련산에 갔었을 줄은…….."

유송령의 얼굴이 하얗게 질렸다.

기련산에서 일어났던 일은 그녀도 잘 알고 있었다.

정마대전이 벌어졌고, 엄청난 숫자의 무인들이 죽어 나갔다.

그곳에서 있었던 정도맹의 참담한 패배는 아직까지도 사람들 입에 오르내릴 정도의 화젯거리였다.

문제는 그곳에 그녀의 아들이 있었다는 점이다.

"류향이는요? 우리 류향이는 무사하겠지요?"

초무령은 자신의 손을 강하게 부여잡으며 물어오는 부인에게 아무 말도 해 줄 수가 없었다.

그도 아직 정확하게 모르기 때문이다.

냉하영이 하는 말을 곧이곧대로 믿지는 않았지만 그래도 심상치 않은 느낌 때문에 여러 군데에 수소문하고 있었다.

"조금만 기다려 보시오. 곧 연락이 올 것이니……."

"연락이 오다니 그게 무슨 말이에요?"

초무령은 불안하게 흔들리는 유송령의 눈동자를 바라보다가 한숨을 내쉬며 냉하영과 나누었던 대화의 내용을 그녀에게도 다 들려주었다.

냉하영은 그의 아들이 천마신교와 연관이 있을 것이라고 추측하고 있었다.

그리고 그녀의 추측은 놀랍도록 예리한 구석이 있었기 때문에 불안한 마음을 떨쳐 낼 수가 없었다.

만약 그의 아들이 천마신교와 모종의 관계가 있다면 이것은 정말 곤란한 문제가 될 것이다.

'내 잘못이다.'

과거에 그의 아들이 무림에 대해 물었을 때 너무도 쉽게 대답했던 것이 아무래도 마음에 걸렸다.

표국은 그 특성상 무림과 가까이 지낼 수밖에 없었다.

그들은 값어치가 큰 물건을 운반할 때 무림 문파의 도움을 종종 받기도 했다.

그런 모습을 볼 때마다 초류향은 무림 문파에 대한 질문을 했고, 초무령은 지극히 표국에 이득이 되는 입장에서만 설명해 주었던 것이다.

—쥐를 잘 잡는 고양이는 털이 흰색이건 검은색이건 신경 쓸 필요가 없다.

초무령은 누군가가 했던 저 말을 그대로 그의 아들에게 해 주었다.

표국의 입장에서는 도적들을 잘 처리해 주는 무인이면 그 소속이 정도맹이든, 흑월회든, 심지어 마교라도 관계가 없었으니까.

실력을 최우선으로 보라는 뜻으로 이야기한 것이었지만 저렇게 말한 것이 지금은 조금 후회가 되었다.

현재 이곳 사천성에서는 정도맹의 힘이 절대적이라 해도 과언이 아니었기 때문이다.

표국을 운영하는 입장에서는 어느 한 곳으로 치우친 관계를 맺는 것은 최대한 피해야 했다.

게다가 그 대상이 천마신교라면 두말할 나위 없이, 더더욱 멀리할 필요가 있었다.

"걱정 마시오, 부인. 생각이 깊은 아이니 해가 될 일은 하지 않을 것이오."

단기적인 모습만 보고 움직이는 상인은 크게 될 수 없다.

장기적인 안목으로 판세를 읽어야 하는 것이다.

비록 지금은 천마신교가 잘나간다고는 하지만 앞으로도 계속 그럴 것이라는 보장은 그 어디에도 없었다.

초무령은 현재 천마신교의 득세가 그다지 길게 가지 못할 거라 생각하고 있었다.

그저 한여름 밤의 꿈처럼 금세 끝날 것이라 여겼을 뿐이다.

적어도 그날 밤에 초대하지 않은 손님이 찾아오기 전까지는 그랬다.

*　　　*　　　*

초무령이 변화를 깨닫게 된 것은 새벽 무렵이었다.

얼음 덩어리가 등골을 타고 스치는 듯한 소름 끼치는 감각에 소스라치게 놀라 자리에서 일어나 보니 방 안 어둠 속에 누군가가 스며들어

와 있었다.

'자객?'

본능적으로 침상 머리에 두었던 검을 꺼내 들고 일어나 자세를 잡았다.

"누구냐!"

초무령이 크게 호통치자 상대방은 팔짱을 끼고 있다가 풀며 정중하게 말했다.

"사정이 여의치 않아서 이런 야심한 밤에 찾아뵙게 되었습니다. 부디 이해해 주시기를……."

초무령은 상대방의 침착한 태도에서 깊이를 짐작할 수 없을 만큼의 여유를 읽을 수 있었다.

그것은 스스로의 무력에 절대적인 자신이 없다면 풍길 수 없는 기세였다.

그러다 문득 초무령은 불안한 얼굴로 주변을 둘러보았다.

사방이 너무 조용했던 것이다.

그 불안감을 읽은 것일까?

상대방이 어둠 속에서 희미하게 웃어 보였다.

"국주님을 제외한 모든 분들은 중요한 이야기에 방해가 되기 때문에 재워 두었습니다. 소리치셔도 오실 분은 없습니다. 물론 옆에 계신 부인도 마찬가지입니다."

"……."

대체 언제?

초무령은 검을 쥐고 있는 손아귀에 힘을 꽉 주었다.

예상했던 일이지만 상대방은 그가 감히 짐작도 하지 못할 만큼의 고수였던 것이다.

그렇지만 곱게 죽어 줄 순 없는 노릇.

초무령이 신중한 눈으로 빈틈을 엿보고 있을 때 갑자기 상대방이 공손하게 읍을 하며 말했다.

"제 소개가 늦었습니다. 저는 천마신교에서 나온 사람입니다. 이름은 엄승도라 합니다."

"처, 천마신교!?"

천마신교라면 그 유명한 마교가 아닌가?

그들이 왜?

초무령이 불안한 얼굴을 해 보였다.

그럴 수밖에 없었다.

마교라는 이름은 단지 그것을 떠올리는 것만으로도 두려움을 자아내기에 충분했으니까.

그들은 항상 절대적인 강자였다.

정도맹의 일격을 완벽하게 박살 내 버린 지금은 더더욱 그랬다.

하지만 지금 초무령이 두려워하는 것은 그런 것보다 조금 더 현실적인 이유에서였다.

낮에 있었던 냉하영과의 대화가 계속 마음에 걸렸기 때문이다.

시기가 너무 공교롭지 않은가?

냉하영은 분명 그의 아들인 초류향이 천마신교와 모종의 연관이 있을 것이라고 했었다.

'설마……'

불길함이 온몸의 혈관을 타고 전신을 다 돌았을 즈음.

상대가 느릿하게 입을 열었다.

"낮에 냉하영이 찾아왔었다는 것을 알고 있습니다. 과연 똑똑한 소녀더군요."

정말 우연히도 그 자리에서 냉하영과 초무령의 대화를 엿들을 수 있었던 엄승도는 사실 그때 엄청난 갈등을 했었다.

그 자리에서 이 영악한 꼬마 계집을 죽일 것인지 살릴 것인지 진지하게 고민했던 것이다.

그녀는 아직 자신이 무엇을 캐내고 있는지 제대로 짐작하지 못하고 있었지만, 지금 너무나도 위험한 그림을 그리고 있었다.

천마신교와 초류향의 연결점을 찾는 것.

언뜻 보기에 별거 아닌 것 같아도 그 연결점을 찾을 수 있다면 실로 어마어마한 결론에 도달하게 될 것이 아닌가?

'천마신교의 후계자.'

후계자는 결코 외부에 드러나서는 안 된다.

절대적인 안전이 보장되는 곳에서 무럭무럭 자라나 미래에 천마신교를 버티고 설 단단한 기둥이 되어야 하는 것이다.

그 후계자의 정체가 외부에 이렇게 쉽게 드러나는 것은 그 자체로 대단한 위험 요소가 될 가능성이 있었다.

게다가 지금의 후계자는 너무도 약하지 않은가?

위험이 찾아온다면 그것이 실로 작은 것이라 하더라도 미연에 방지해야 옳았다.

'죽이자.'

그렇게 결론을 내리고 움직이려 했지만 엄승도는 제자리에서 손가락 하나 까딱할 수 없었다.

몸을 움직이려고 마음먹은 그 순간 거미줄처럼 촘촘하게 전신을 죄어 오는 살기가 있었던 것이다.

절정 고수인 엄승도조차도 바짝 얼려 버릴 정도의 냉엄한 살기.

누군가가 냉하영 곁에 몸을 숨기고 있었다.

그때 그 상대방에게 느꼈던 전율을 엄승도는 지금까지도 잊을 수가 없었다.

'놈은 분명히 화경의 고수였다.'

그 정도의 무형지기(無形之氣, 고수가 뿜어내는 무형의 기운)는 화경의 고수만이 가능할 것이다.

문제는 그 상대방에 대해 짐작 가는 바가 전혀 없다는 데 있었다.

흑월회에 있는 화경의 고수는 단 두 명.

삼황의 한 명인 흑월야황 냉무기와 추혈군 상동하 장로가 전부였던 것이다.

그런데 그 둘은 냉하영의 호위 따위를 하고 있을 여유가 없는 사람들이다.

그렇다면 분명히 다른 사람이라는 이야기인데 거기에서부터 엄승도는 완전히 혼란에 빠져 버렸다.

"냉하영을 보았소?"

엄승도는 초무령의 갑작스러운 질문에 고개를 끄덕였다.

"그렇다면 우리가 했던 이야기도 들었던 거요?"

"본의 아니게 그렇게 되었습니다."

초무령의 질문에 거짓을 말할 수도 있었지만 엄승도는 순순히 시인했다.

엄승도가 생각하기에 초무령과 그는 적대적인 관계가 아니었다.

물론 초무령은 그렇게 생각하지 않을 수도 있지만 그것도 시간문제일 뿐이다.

"내 아들에 대한 이야기도 들었소?"

여기서부터가 중요하다.

엄승도는 신중한 얼굴로 고개를 끄덕였다.

"말해 주시오. 정말 내 아들이 그쪽과 연관돼 있는 것이오?"

주변에 아무도 없음을 알지만 엄승도는 한 번 더 감각을 열어 꼼꼼하게 확인한 후 입을 열었다.

"그렇습니다."

초무령의 표정이 다채롭게 변해 갔다.

설마 했던 것이 들어맞았던 것이다.

'류향이를 대체 왜?'

이게 의문이었다.

그런 어린아이를 데려다가 대체 무엇하려고?

그런 의문을 품고 있을 때 엄승도가 처음보다 더욱 정중하고 예의를 갖춘 태도로 읍을 하며 말했다.

"초류향 공자님께서는 현재 본 교의 소교주님이 되셨습니다. 천마신교의 단 한 명뿐인 정식 후계자가 되신 겁니다. 저는 이곳에 그 기쁜 소식을 전하기 위해 왔습니다."

"……!"

뭐? 기쁜 소식?

초무령은 입을 벌린 채 화석처럼 굳어 버렸다.

지금 눈앞에 있는 이 사람이 대체 무슨 소리를 하는지 알 수가 없었다.

엄승도 역시 애초에 이런 반응을 예상했기에 한 번 더 친절하게 설명해 주기로 마음먹었다.

상대방은 그런 수고를 감수할 만한 가치가 있는 사람이었으니까.

"조금 더 정확하게 말씀드리자면 초류향 공자님은 교주님의 정식 제자가 되셨습니다. 초류향 공자님은 현재 수련을 위해 본 교에 머물고 계십니다."

댕그랑―

초무령의 손에 들려 있던 검이 바닥에 힘없이 떨어져 내렸다.

몽둥이로 손을 두들겨 맞아도 떨어뜨리지 않은 검을 지금 바닥에 떨군 것이다.

"교, 교주? 지금 교주라고 그랬소?"

"그렇습니다. 국주님."

초무령은 멍한 얼굴을 해 보였다.

교주가 누구인가?

불과 얼마 전에 있었던 정마대전을 압도적인 승리로 이끈 장본인이 아닌가?

당금의 모든 사람들이 인정하는 천하제일인.

'천하제일마(天下第一魔).'

그것이 현재 사람들이 경외감을 담아 공손천기를 부르는 말이었다.

그런 사람의 제자가 되다니, 이것은 일개 표국의 국주로서는 도저히 감당 못 할 일이 아닌가?

엄승도는 그런 초무령의 속마음을 짐작한 것인지 오히려 짓궂게 웃으며 입을 열었다.

"축하드립니다, 국주님. 본 교가 외부에서 인재를 구한 것은 극히 이례적인 일입니다. 곧 교에서 어마어마한 보상이 있을 것입니다."

초무령은 지금 귓가에 아무런 소리도 들리지 않았다.

평소에 심지가 굳고 공명정대하다고 이름 높은 그였지만 사안이 사안인지라 이미 그가 판단할 수 있는 영역을 벗어나 있었기 때문이다.

'마교라니…… 마교라니. 대체 이게 무슨…….'

어디부터 어떻게 수습해야 할지 감이 오지 않았다.

초무령은 결국 바닥에 주저앉아 버렸다.

* * *

"아가씨, 곤란한 일이 생겼습니다요."

"무슨 일이지요?"

"아무래도 나와 보셔야겠습니다요."

냉하영이 마차 밖으로 얼굴을 내밀자 복면을 하고 있는 스무 명가량의 사내들이 눈에 들어왔다.

"당장 마차에서 내려라, 계집아."

그들은 모두 제각각 무기를 들고 있었고, 하나같이 냉하영을 향해 살기를 드러내고 있었다.

"제가 누군지 아시나요?"

"물론이지. 더러운 흑월회의 계집! 간이 배 밖으로 튀어나와서 이렇게 혼자 돌아다닐 줄이야……. 이것이야말로 하늘이 주신 기회가 아니겠느냐? 크하하핫!"

냉하영은 설핏 웃었다.

그리고 마차 문을 열고 밖으로 나갔다.

"복면은 왜 하신 거죠? 어차피 절 죽일 거라면서 제 앞에서 정체를 숨겨서 뭐하나요?"

"닥쳐라! 그 요망한 혓바닥부터 뽑아 주마."

사내의 험악한 말에도 냉하영은 표정 하나 변하지 않고 주변을 둘러보았다.

"저 하나 잡자고 정말 많은 분들이 수고하시네요. 정도맹 여러분들."

마차를 포위하며 가까이 다가오던 사내들이 일순간 움찔했다.

"너무 뻔하잖아요? 이곳은 정도맹의 영역이니까요. 그리고……."

냉하영은 싸늘한 시선으로 사내들을 훑어보며 말했다.

"제 적들 중에 이렇게 멍청한 짓을 하면서까지 무모한 도박을 할 곳은 정도맹밖에 없거든요."

"이, 이년이 감히!"

"그런데 제가 정말 혼자 나왔을 것 같나요?"

"……!"

사내들의 걸음이 멈추었다.

그리고 보니 이상했다.

그녀가 이렇게 적진 깊숙한 곳에서 혼자 돌아다니고 있다는 사실이……

사내들이 잠시 동안 이러지도 저러지도 못하고 우두커니 서 있을 때.

우두머리로 보이던 사내가 이를 갈며 말했다.

"과연 요망한 계집이구나. 세 치 혓바닥으로 우리를 희롱하다니……. 네년의 허장성세(虛張聲勢, 허풍)에 속을 것 같으냐?"

냉하영은 그를 똑바로 바라보았다.

그리고 웃었다.

"어디를 가도 그쪽처럼 사람 말을 믿지 못하는 분들이 있죠."

"닥쳐라! 이 요녀!"

사내가 기합을 내지르며 마차 문 앞에 서 있는 냉하영을 향해 쇄도해 왔다.

하지만 냉하영은 단 한 걸음도 움직이지 않고 그것을 냉철하게 바라보고만 있었다.

파악—

마침내 검이 휘둘러지고 혈화(血花)가 피어올랐다.

하나 그것은 냉하영이 흘린 피가 아니었다.

돌격해 들어가던 사내의 목이 오히려 깨끗하게 잘려 나간 것이다.

모든 이들의 시선이 경악으로 물들었을 때.

냉하영의 바로 앞에 그림자처럼 누군가가 나타났다.

창백한 피부의 보기 드물게 준수한 미남.

그는 싸늘한 눈빛으로 쓰러지는 시체를 밀쳐 낸 후 주변을 둘러보았다.

　모두의 시선이 그를 향하고 있을 때 갑작스럽게 등장한 사내는 조용히 손바닥을 펴 손날을 세웠다.

　모두가 의아해하는 얼굴로 그 모습을 바라보고 있던 그 순간.

　피웃—

　사내는 손날을 빈 허공에 사선으로 한 번 그었다.

　그리고 그것이 끝.

　마차의 전면을 포위하고 있던 사내들이 별다른 낌새도 알아차리지 못하고 깨끗하게 베어진 것이다.

　투두둑—

　잘린 절단면을 따라 몸뚱이가 분리된 시신들이 길바닥 여기저기에 널브러졌다.

　"히, 히익!"

　마부가 그 끔찍한 광경에 비명을 지를 때 냉하영이 태연하게 입을 열었다.

　"드디어 보는군요. 반가워요."

　"……."

　"제가 위기에 처하면 모습을 드러낼 줄 알았어요."

　"……너무 무모하셨습니다. 정말 사달이 나면 어쩌시려고 그러신 겁니까?"

　냉하영은 싱긋 웃으며 저 먼 언덕을 응시했다.

　"전 그렇게 무모한 사람이 아니에요. 서쪽에 저를 도와주는 분들이 계시거든요. 제가 신호를 했으면 곧장 와 주셨을 거예요."

대체 언제 이런 준비들을 한 것일까?

계속 함께 있었는데 이런 치밀한 준비를 하는 줄은 꿈에도 알지 못했다.

사내의 눈빛에 복잡한 기색이 떠올랐다.

'언제 눈치를 챈 것이지?'

이런 준비들을 사전에 한 것을 보면 꽤나 오래전부터 사내가 숨어서 호위해 주고 있다는 사실을 알고 있었다는 뜻이 아닌가?

티를 낸 적도 없었는데 정말 대단한 여자였다.

"저에 대해서는 잘 알고 계실 테니 굳이 알려 드릴 필요는 없을 테고, 그쪽에 대해 알고 싶은데 말해 줄 수 있나요?"

사내는 잠시 고민했다.

알려 줘도 되는 것일까?

놀라지 않을까?

그때 냉하영이 먼저 입을 열었다.

"어디에서 온 것인지 대충 짐작은 가요. 저는 단지 당신의 이름을 알고 싶을 뿐이에요."

냉하영의 말에 시엽은 속으로 적잖이 감탄했다.

머리가 좋다는 것은 소문으로도 자주 듣고 실제로도 몇 번 보아서 알고 있었지만, 설마 이 정도일 줄은 상상도 못 했기 때문이다.

사내는 냉하영을 인정하고 순순히 자신을 소개했다.

"시엽(視曄). 제 이름은 시엽입니다."

흑월야황 냉무기.

그의 유일한 제자의 등장이었다.

　　　　　*　　　*　　　*

　초혜정주가 초류향이 바닥에 그려 놓았던 진법을 흩어 버리는 순간.

　또르륵──

　초류향의 단전에 존재하고 있던 구슬 같은 덩어리가 갑자기 제멋대로 움직이더니 그의 눈에 이상한 것이 보이기 시작했다.

　'어?'

　시야가 크게 흔들리는 듯한 느낌과 함께 갑자기 눈앞에서 초혜정주의 모습이 사라졌다.

　동시에 머릿속으로 밀물처럼 흘러들어 오기 시작하는 영상.

　'이것은……'

　초혜정주 운휘의 과거 기억들이었다.

　생사옥을 통과할 때부터 시작하여 교주를 만나서 일생을 건 내기를 하는 것 등등, 큼직한 기억들 위주로만 머릿속에 들어오는 것이 아닌가?

　그 특이한 경험에 초류향이 정신을 차리지 못할 때.

　초혜정주가 입을 열었다.

　"괜……찮으십니까?"

　초혜정주의 질문에 초류향은 겨우 정신을 차릴 수 있었다.

　아주 짧은 시간 동안 초혜정주의 기억이 조금 흘러들어 와 버렸다.

　'방금 그건 대체 뭐였지?'

　분명 초혜정주 운휘의 기억인 듯싶은데 그게 왜 갑자기 영상이 되어 머릿속에 들어온 것일까?

또르륵—

단전 안에서 또 제멋대로 움직이고 있는 이 구슬.

그러고 보니 예전에도 이와 비슷한 경험을 한 적이 있는 것 같았다.

'그게 언제였지?'

곰곰이 생각해 보니 선명하게 떠오른다.

용에게 월인도법과 이상한 구슬을 받고 나서 정신을 잃었을 때였다.

그때 초류향은 꿈결처럼 하얀 나비가 되어 공손천기 스승님을 만나러 간 적이 있었다.

공손천기 스승님이 검황 백무량을 한 방에 날려 버린 순간.

그 장면을 나비가 되어 지켜보았을 때도 지금과 비슷한 느낌을 받았다.

마치 미래나 과거의 일을 다시 한 번 되돌아보는 듯한 느낌.

'이게 대체……'

단전 안에서 지금도 살아 있는 것처럼 움직이고 있는 이것.

이것은 대체 뭐라는 말인가?

"의원을 부르겠습니다."

초혜정주가 심각한 눈빛으로 자리에서 일어서자 초류향은 재빨리 고개를 저었다.

"아니. 괜찮습니다."

"정말 괜찮으신 겁니까? 얼굴이 새하얗게 질리셨습니다."

초혜정주의 말에 초류향은 소매를 들어 이마를 닦아 냈다.

어느새 식은땀이 흥건하게 흘러나온 것이다.

"괜찮습니다. 너무 집중했을 뿐입니다."

초류향은 말을 하며 초혜정주를 힐끔 쳐다보았다.

조금 전과는 다르게 그를 보는 초류향의 눈빛은 변해 있었다.

'스승님도 인정한 사람이라…….'

대단한 사람이었다.

이렇게 젊은 나이에 화경의 경지를 이룬 것도 그러했고, 스승인 공손천기 앞에서도 당당하지 않았던가?

만약 초류향 본인이 나타나지 않았더라면 그를 대신하여 천마신교의 소교주가 될 수도 있었던 사람이다.

'하지만…….'

눈앞에 있는 초혜정주는 초류향의 재능을 불신하고 있었다.

스승님이 선택했다지만 아무것도 검증되지 않은 그의 능력에 대해 강한 의문을 품고 있었던 것이다.

과거 영상과 함께 현재의 기억들 중 일부가 흘러들어 왔기 때문에 초류향은 그의 심정을 잘 알 수 있었다.

이해했다.

그럴 수도 있었다.

굴러들어온 돌이 박힌 돌을 빼낸다고, 자신 역시 초혜정주와 비슷한 입장이었다면 갑자기 등장한 사람, 그것도 한참이나 연하인 사람을 인정할 수 없었을 것이다.

'그렇다면 어떻게 해야 할까?'

납득시키고 싶었다.

굳이 그럴 필요가 있을까 싶지만 한편으로는 왠지 그러고 싶은 게 솔직한 심정이었다.

그럼 어떻게 해야 그를 납득시킬 수 있을까?

방법을 찾으려 고개를 돌리다 보니 문득 바닥에 그려져 있던 진법이 눈에 들어왔다.

초혜정주가 놀란 표정을 지으며 발로 밟아 지워 버린 그것.

아마도 검진의 파훼법이 그려져 있었기에 서둘러 지운 모양이었다.

그것을 보자 불현듯 재미있는 생각이 떠올랐다.

"초혜정주."

"……예, 소공자님."

초류향의 낮은 부름에 초혜정주 운휘는 뜨끔한 눈빛으로 움찔했다.

아무리 혈하멸천검진이 기밀 중의 기밀이라 하더라도 소교주가 하고 있던 일이었다.

그가 그것으로 무엇을 하든 간에 중간에 끼어들어 방해를 한 것은 대단히 커다란 불경죄였다.

이것을 반역죄라고 몰아세워 버려도 할 말이 없는 것이다.

'무슨 말을 하려고…….'

운휘가 내심 조마조마한 마음으로 초류향의 입이 떨어지기를 기다리고 있었을 때.

안경을 천천히 벗은 후 볼을 긁적이던 초류향이 작게 입을 열었다.

"우리 내기를 하나 합시다."

내기?

갑자기 왜?

너무도 뜬금없는 제안에 운휘는 대답할 말을 찾지 못했다.

하나 초류향은 그것을 아는지 모르는지 싱긋 웃으며 말했다.

"어떻습니까?"

"······."

의중을 짐작할 수 없었다.

눈앞에 있는 이 꼬마가 대체 무슨 생각을 하고 있는 것인지 읽을 수가 없는 것이다.

게다가 지금 내심 찔리는 것이 있어서인지 더더욱 상대의 생각을 판단하기 어려웠다.

"······무슨 뜻으로 하시는 말씀인지 잘 모르겠습니다."

"저에게 방금 실수하신 것이 있지요?"

"······."

운휘는 입을 다물었다.

역시 이 꼬마는 그것을 걸고넘어질 생각인 모양이다.

"내기를 받아들이면 없던 일로 해 드리겠습니다. 어떻습니까?"

초류향의 제안에 운휘는 신중한 얼굴을 해 보였다.

단순히 내기를 받아들이는 것만으로 죄를 사면하여 준다는 것은 언뜻 보면 대단히 좋아 보인다.

하나 운휘는 신중했다.

이런 달콤한 제안은 보통 다른 커다란 문젯거리를 안고 있는 경우가 대부분이기 때문이다.

하지만······.

'빠져나갈 구멍이 없군.'

이 꼬마 녀석이 뒤에 무슨 장난질을 쳐 놓았든 간에 현재로서는 피할 수 있는 방법이 없는 듯했다.

운휘는 씁쓸한 눈빛으로 초류향을 바라보며 말했다.

"거부할 수 없는 제안이군요."

"내기 조건도 그리 나쁘지 않을 겁니다."

"받아들이겠습니다."

운휘가 마지못해 받아들이자 초류향은 안경을 다시 쓰며 웃었다.

여기까지는 일단 초류향의 생각대로 된 것이다.

그때 운휘가 입을 열었다.

"어떤 내기를 원하시는 것입니까?"

초류향은 곧장 대답하지 않았다.

잠시 뜸을 들이던 초류향은 미소를 머금으며 나직하게 말했다.

"그 전에 내기에 걸 물건들부터 먼저 정하고 했으면 합니다."

이게 무슨 말일까?

운휘가 납득이 가지 않는다는 얼굴로 고개를 갸웃거리며 대답했다.

"어떠한 내기인지도 모르면서 물건부터 걸라는 말씀이십니까?"

상식적으로 이해가 되지 않는 말이다.

하나 초류향은 태연하게 고개를 끄덕인 후 집게손가락을 곧게 펴서
바닥을 가리키며 입을 열었다.

"저는 천마신교를 걸겠습니다. 저에게 이기면 천마신교를 드리지
요."

　"나는 이 내기에 천마신교를 걸겠다. 니가 이기면 이걸 너에게
　주마. 나는 아주 통이 큰 사람이거든."

순간 십 년 전 교주의 음성이 초류향의 말과 겹쳐서 들렸다.

"……."

약간 벙찐 표정을 짓고 있던 운휘의 눈동자에서 새파란 불꽃이 튀었다.

'이 건방진 꼬마 놈…….'

교주가 말해 준 것일까?

순간 의심이 들었지만 바로 그 생각을 지워 버렸다.

절대 그럴 리가 없었다.

교주가 그토록 언행이 가벼운 사람일 리 없다.

하면 대체 어떻게 이 꼬마가 그와 교주 사이의 십 년 내기를 알고 있다는 말인가?

곁에서 지켜보고 있었던 주 호법이 말해 준 것일까?

하나 그건 더욱더 가능성이 낮은 이야기였다.

교주와 관련된 과거 이야기다.

그것에 대해서 함부로 떠들 만큼 주상산이 생각이 없는 늙은이가 아니기 때문이다.

'어찌 되었건 너는 지금 건드리지 말아야 할 것을 건드렸다.'

가슴속에서 뜨거운 분노가 솟구쳐 올랐다.

그와 교주 사이에 있었던 소중한 추억이 더럽혀지는 기분이었다.

운휘는 어금니를 꽉 깨물고 낮은 음성으로 말했다.

"전 저를 걸겠습니다, 소공자님. 제 남은 인생을 여기에 다 걸지요."

과거와 똑같은 것을 걸었다.

하지만 절대로 지지 않는다.

지금 상태라면 상대가 그 어떤 내기를 걸어도 전부 이길 자신이 있는 운휘였다.

초류향은 운휘가 그런 생각을 하든 말든 빙긋 웃으며 그를 향해 주먹을 내밀었다.

"남아일언은?"

운휘는 잔뜩 일그러진 얼굴로 초류향의 작은 주먹을 내려다보았다.

이 꼬마 놈은 정말로 그때의 일을 알고 있지 않은가?

혹시나 우연의 일치는 아니었을까 하고 의구심을 품어 봤지만 그건 아닌 듯했다.

지금 이 녀석은 그 과거를 뻔히 알고 있으면서 도발을 걸어 오고 있었다.

자신 앞에 내밀어진 작은 주먹을 복잡한 시선으로 바라보던 운휘는 결국 가볍게 한숨을 내쉰 후 그 작은 주먹에 자신의 주먹을 마주치며 말했다.

"……중천금입니다."

초류향은 분노로 이글거리는 운휘의 눈빛을 똑바로 응시하며 입을 열었다.

"그럼 내기의 내용을 말해 드리겠습니다. 마음에 들지 않는다면 받아들이지 않으셔도 됩니다."

"알겠습니다."

사실 운휘는 지금 이 꼬마가 무엇을 말하든 다 수용할 생각이었다.

완전히 깔아뭉개 버릴 생각을 하고 있었으니까.

초류향은 그의 생각을 아는지 모르는지 후원의 넓은 공터로 천천히 걸어가며 입을 열었다.

"초혜정주께서는 이곳에 펼쳐놓은 진법으로 저를 공격해 들어오시면 됩니다."

"……?"

선뜻 이해가 되지 않았다.

진법으로 공격해 들어오라고?

설마 수하들이 펼쳐 놓은 혈하멸천검진을 사용해서 그들과 함께 소교주를 공격이라도 하라는 말인가?

"내기는 제가 그 진법을 돌파할 수 있을지 없을지의 여부로 승패를 가늠했으면 하는데, 어떠십니까?"

운휘의 눈빛이 차가워졌다.

자신이 이해를 잘못한 게 아니었나 보다.

이 꼬마 녀석은 정말로 말도 안 되는 헛소리를 지껄이고 있었다.

입꼬리가 저절로 말려 올라갔다.

이번에 교주가 데려온 놈은 다른 것은 몰라도 하나만은 확실했다.

지나치게 오만방자하다는 것이다.

이번 기회에 이 나쁜 버릇을 고쳐 줄 필요가 있었다.

운휘는 차분해진 얼굴로 입을 열었다.

"이건 불공평한 내기입니다. 받아들일 수 없습니다."

초류향은 움찔하며 콧등을 찡그렸다.

설마 상대가 받아들이지 않을 것이라고는 생각도 못했기 때문이다.

그때 운휘가 희미하게 웃으며 입을 열었다.

"내기에 약간의 수정이 필요할 듯합니다."

"수정?"

"예. 저는 진법에서 빠지겠습니다. 그리고⋯⋯."

콰카카칵—!

운휘가 가볍게 손을 휘젓자 공터에 초류향을 중심으로 커다란 원이
생겨났다.

"소공자님께서 그 원만 빠져나오실 수 있다면 내기에서 제가 진 것
으로 하지요. 어떻습니까?"

초류향은 주변을 둘러보다 다시 운휘와 시선을 마주친 후 입을 열
었다.

"그렇게 하길 원하신다면 그리합시다."

운휘는 차갑게 웃으며 대답했다.

"내기는 성립되었습니다."

말이 끝나기가 무섭게 운휘는 가볍게 손을 위로 들어 올렸다.

그 후 초류향을 가리켰다.

그러자 주변에 은신하고 있던 백여 명의 무인들이 검은 파도가 되어
일제히 초류향을 향해 쇄도해 가기 시작했다.

第二章

천마신교를 걸다

　진법은 그 종류를 크게 두 가지로 나눌 수 있다.

　하나는 주변의 지형지물과 기후 등의 환경적인 요소들을 고려하여 핵(核)을 만들고, 그것을 바탕으로 천지의 기운을 인위적으로 가둬 놓아 지정한 공간에 자연적으론 있을 순 없는 변화무쌍한 환경을 만드는 것.

　그리고 두 번째로 병영 진법이 있었다.

　이것은 사람들이 모여 펼치는 진법인데 그야말로 정해져 있는 형태가 없었다.

　그랬기에 어떤 모습으로든 바뀔 수 있었고, 그만큼 예측하기가 어렵다.

　거기에서 병영 진법의 가공할 위력이 나온다.

'절정 고수가 펼치는 혈하멸천검진은 화경의 고수도 죽일 수 있다.'

초혜정을 지키고 있는 무인들.

그들 대부분이 일류 고수였다.

거기에 지휘자급으로 절정 고수도 몇몇 섞여 있었다.

『죽영(竹影).』

『예. 정주님.』

『약하게, 죽지 않을 정도로만……. 아니, 딱 죽지 않을 만큼만 세게 두들겨 줘라.』

『존명.』

운휘는 전음으로 명령을 내리고 팔짱을 낀 후 전방을 주시했다.

사실 초류향과 한 내기는 처음부터 말도 안 되는 것이라고 생각했다.

그의 눈으로 확인해 본 결과 초류향은 아무런 무공을 익히지 않았다.

물론 무공을 익혔다 한들 애초에 소용없었겠지만…….

'혈하멸천검진은 완벽하다.'

그가 아는 한.

적어도 교주님 정도의 고수가 아니고서야 단독으로 혈하멸천검진을 뚫어 낼 수 없었다.

그것은 혈하멸천검진을 비교적 자세히 알고 있는 운휘도 예외가 아니었다.

'네가 무슨 용기로 이런 내기를 걸었는지 모르겠다만…….'

이번 기회에 따끔하게 교훈을 내려주는 것도 좋을 것 같았다.

'무림은 그리 호락호락한 곳이 아니다. 꼬마.'

저 아이가 설령 교주가 선택한 것처럼 대단한 재능이 있다고 하더라도 그 재능이 개화하는 건 모두 미래의 일일 것이다.

현재로서는 아무런 힘도 없지 않은가?

운휘가 곧 만신창이가 될 초류향의 모습을 머릿속에 그리고 있는 그때.

초류향은 호흡을 고르고 덮쳐 오는 사람들을 일일이 확인하기 시작했다.

'사십이, 사십육, 사십사…….'

정관법을 사용해 사람들의 능력치를 순식간에 판별한 후 초류향은 다시금 깊게 숨을 들이마시며 한 걸음 앞으로 내디뎠다.

그 모습에 운휘의 눈썹이 꿈틀거렸다.

'뭐냐?'

불길한 느낌.

뭐라 꼭 집어 설명할 순 없었지만 방금 초류향의 행동에서 묘한 이질감을 느꼈기 때문이다.

그리고 다음 순간 운휘는 고개를 갸웃거렸다.

초류향이 수많은 사람들 사이를 유유히 걸어 나오고 있었기 때문이다.

쐐애애액—!

서슬 퍼런 소리와 함께 도검이 일제히 빈 허공을 가르고 있었다.

하나 단 하나도 초류향을 제대로 맞히는 게 없었다.

모두 아슬아슬하게 초류향을 스쳐 지나가고 있었던 것이다.

운휘는 그 모습에 자신도 모르게 팔짱을 풀고 눈을 부릅떴다.

'이건 말도 안 된다!'

수하들이 설마 일부러 검을 빗맞히는 것일까?

운휘는 고개를 저었다.

그럴 리가 없었다.

하지만 무슨 이유에서인지 초류향을 맞히는 검이 단 하나도 없었다.

'대체 어떻게?'

초류향이 엄청나게 빠르게 움직이며 검을 피하는 것도 아니었다.

그저 묘한 발걸음으로 느릿하게 사람들 사이를 헤집고 다닐 뿐이다.

어떨 때는 앞으로 갔다가, 어떨 때는 다시 뒤로 간 후 옆으로 돌아갔다.

그리고 무슨 이유 때문인지 제자리에 잠깐 우두커니 서 있다가 좌우로 몸을 비틀며 다시 앞으로 걷기도 한다.

그럴 때마다 수하들의 공격이 초류향의 곁을 스쳐 지나가고 있었다.

'대체 뭐냐?'

이건 도깨비장난인가?

그것이 아니라면 눈앞에 보이는 이 장면을 설명할 방법이 없었다.

지금 초류향의 움직임에는 그 어떤 규칙도 없었다.

방향도 모두 제멋대로였다.

거기에 더해 그 움직임은 결코 무공을 배운 이의 것이 아니었다.

평범한 꼬마아이의 느릿느릿한 걸음걸이를 일류 고수는 물론이고 절정 고수조차 잡아내지 못하고 있는 것이다.

대체 어떻게 이런 일이 생길 수 있단 말인가?

게다가 더 큰 문제가 생기고 있었다.

'검진이 무너지고 있다?'

조금씩, 착실하게 검진은 부서지고 있었다.

초류향의 이상한 움직임을 쫓아가기 위해 진법 전체가 따라가다 보니 전체적인 정밀한 균형이 어긋나고 있는 것이다.

그 사실을 눈치챈 운휘의 얼굴이 일그러져 갈 때.

갑자기 초류향이 비틀거리며 허리를 숙였다.

피웅—

허리를 숙이는 것과 거의 동시에 방금 전까지 초류향의 상체가 있던 자리에 날카로운 검이 스치고 지나갔다.

'위험!'

그 사나운 기세에 운휘는 말리려 하다가 멈칫하고 말았다.

적당히 봐주면서 하려던 수하들이 급한 마음에 독하게 손을 쓰고 있었던 것이다.

그것은 진법의 균열을 더욱 심하게 만드는 행동이었다.

하지만…….

'방금 것은 분명 효과가 있었다.'

운휘는 눈을 반짝였다.

초류향의 옷자락이 잘려 나갔다.

이것은 좋은 징조였다.

게다가 방금 그 일로 인해 한 가지 사실을 더 알게 되었다.

'꼬마 녀석은 지금 무리하고 있다.'

초류향의 전신에서 흘러나오는 흥건한 땀을 보며 운휘는 빠르게 생각을 정리했다.

저 꼬마가 지금 무슨 수작을 부리는 것인지는 잘 모른다.

솔직히 말하자면 짐작도 가지 않았다.

하지만 분명한 것은 지금 저 꼬마는 상당히 무리를 하고 있다는 사실이다.

입에서 흘러나오는 거친 숨소리와 전신에 흥건한 땀만 보아도 확실했다.

'여태껏 긁힌 상처 하나 만들지 못한 것은 확실하다만…….'

앞으로는 달라질 것이다.

이쪽 역시 해결 방법을 알아챘으니까.

『죽영.』

『예, 정주님.』

『진법을 공(攻)에서 해(解)로 변형시켜라.』

『하나 그렇게 되면…….』

『안다. 진법이 점차 무너지겠지.』

잘 통제되어 유기적으로 움직이는 공이 아니라 각자의 위치를 지키며 그 안에서 제각각 자유롭게 움직이는 해는 상대방이 피해 버리면 손쓸 도리가 없어진다.

진법이 서서히 붕괴되는 것이다.

『하지만 그냥 둬도 진법은 무너진다. 인정하고 싶진 않지만 그렇게 되겠지. 그러니 지금 저 꼬마를 잡으려면 그 방법밖에 없다.』

『알겠습니다.』

방금 전 초류향에게 그나마 효과가 있었던 공격은 수하가 다급한 마음에 마구잡이로 검을 휘두른 것이었다.

분명 그때 초류향은 당황했었다.

거기에 해답이 있다고 운휘는 생각했다.

'꼬마, 제법 믿는 구석이 있었던 것 같지만 그것도 여기까지다.'

저 꼬마는 지금 바닥에 그려져 있던 원에 거의 가까이 도달했다.

하지만 무슨 이유 때문인지 그것을 넘어서지 못했다.

'분명 그냥 뛰어도 빠져나갈 수 있는 거리인데?'

운휘가 의아해하는 얼굴을 할 때 초류향은 아랫입술을 깨물고 있었다.

'큰일 났다.'

땀이 흥건한 초류향의 얼굴에 초조해하는 기색이 드러났다.

진법을 돌파하기 위해서 정관법을 사용한 것까지는 좋았다.

정관법으로 진법을 살펴 보니 한 명의 움직임만 보아도 전체적인 진법의 모양이나 윤곽이 훤하게 보였다.

이것은 정답을 알고 문제를 푸는 것이나 다름없었다.

다음에 어떤 상황이 올 것인지 정확하게 예측되었다.

그래서 상대방의 미약한 움직임을 보고 다음 공격을 예측해서 미리미리 피해 버리고 있었던 것이다.

무림인보다 상대적으로 느릿한 움직임은 그런 방법으로 충분히 보완이 가능했다.

하지만 여기서부터는 섣불리 움직이지 못했다.

정관법으로 아무리 들여다보아도 정면에는 출구가 보이지 않았기 때문이다.

원 바깥이 바로 지척까지 다가왔음에도 불구하고 초류향은 그쪽으로 움직일 수가 없었다.

'어떻게 해야 하지……'

정관법으로는 이쪽 방향에 길이 보이지 않았다.

그 말은 저곳으로는 단번에 갈 수가 없다는 뜻이다.

그렇다면 방법은 하나뿐이다.

'빙빙 돌아가야 해.'

이 진법 안에서 다시 빙 둘러 돌아가는 것도 이젠 조금 부담스러워졌다.

사람들이 뿜어내는 막대한 기운이 초류향의 전신을 무겁게 짓누르고 있었기 때문이다.

한 걸음을 움직이는 것도 커다란 납덩이를 다리에 매달고 걷는 것처럼 힘겨웠다.

입 안에서 단내가 뿜어져 나왔다.

단련되지 않은 육신.

체력에서 벌써 그 한계를 드러내고 있는 것이다.

이대로는 힘들었다.

힘이 완전히 떨어지기 전에 최대한 빨리 여기에서 벗어나야 했다.

그때.

후욱—!

갑자기 전신을 내리누르는 압박감이 서서히 옅어지기 시작했다.

몸이 한결 가벼워졌다.

하지만 주변을 두리번거리던 초류향의 눈빛은 도리어 점점 어두워지기 시작했다.

'진법의 형태가 완전히 바뀌었다? 왜?'

이것은 좋지 않은 징조였다.

위험한 느낌이 들었다.

초류향은 무언가 짚이는 바가 있어서 고개를 홱 돌려 원 바깥에 서 있는 운휘를 바라보았다.

그와 정면으로 눈이 마주치는 순간.

초류향은 안경을 매만지며 얼굴을 찌푸렸다.

'승부수를 띄웠구나.'

본능이 위험을 경고해 왔다.

이대로라면 사로잡힌다.

곧 있으면 도망칠 수 없는 완벽한 그물망이 만들어질 것이다.

'대체 어디가 문제였지?'

시간을 너무 지체해서였을까?

물론 그것도 하나의 이유였겠지만 초류향은 근본적인 오류를 다른 데서 찾아냈다.

'초혜정주를 너무 간과하고 있었다.'

그가 진법 안에 있었다면 진법이 서서히 붕괴되어 가는 것을 눈치채지 못했을 것이다.

하지만 초혜정주는 바깥에서 안을 관찰하고 있었다.

덕분에 전체적인 그림을 그릴 수 있었던 것이다.

그는 초류향의 취약한 부분을 정확하게 짚어내고서 최고의 결단을 내렸다.

'저 꼬마는 움직임이 느리고 굼뜨다. 게다가 체력도 약하지.'

어떻게 검진 안을 그렇게 요리조리 잘 돌아다닐 수 있었는지 모르겠다.

무슨 특이한 비법이 있는 것 같았지만 이제는 상관없었다.

수하들은 지금부터 개개인이 맡은 자리를 지키며 서서히 포위망을 형성해 갈 것이다.

무공을 모르는 초류향은 그들을 절대 통과할 수 없었다.

아까도 확인했지 않은가?

검진 특유의 정제되고 절제된 공격이 아니라 규칙도 형식도 없는 마구잡이 공격에 초류향은 차츰차츰 먹혀들어 갈 것이다.

'내기는 아무래도 내가 이긴 것 같다, 꼬마.'

운휘의 눈가에 승리의 표정이 떠올랐을 때.

초류향은 빠르게 결단을 내려야 했다.

포위망이 완벽하게 형성되기 전에 어떻게든 빠져나갈 방법을 모색해야 했으니까.

'두 명……'

최단 거리로 원 밖으로 나가기 위해서는 두 명의 고수를 돌파해야 했다.

초류향은 쓰게 웃으며 정관법을 풀어 버렸다.

그리고 제자리에서 우뚝 선 채로 천천히 호흡을 골랐다.

운휘는 그 모습을 바라보면서 주먹을 꽉 움켜쥐었다.

'이놈……'

저런 표정을 짓는 이유는 뻔했다.

완벽한 승리를 장담할 수 없을 때.

확신이 없지만 마지막 가능성이 보일 경우.

'도박을 하겠군.'

과연 어떤 식으로 돌파하려 할까?

운휘는 초류향이 어떻게 움직일지 모든 감각을 집중해서 살펴보고 있었다.

그때.

"후우……."

초류향은 몸 안에 있던 탁기를 길게 토해 낸 후 다시 숨을 크게 들이켰다 순간적으로 멈췄다.

"음?"

운휘는 초류향의 눈 속에서 물빛의 광채가 번뜩이는 것을 놓치지 않았다.

'내력이 있었다? 무공을 익혔단 말인가?'

분명 무공을 익힌 기색이 전혀 없었는데 대체 어떻게 된 것일까?

운휘가 재빨리 진법을 변경하려 했지만 초류향이 한발 더 빨랐다.

第三章

북해빙궁의 별

"뭐 하고 있어요, 대사형?"

"응? 뭐 하긴. 거울 보지."

"설마 아까부터 그것만 계속 봤어요?"

"후후, 물론이지. 아무리 봐도 질리지가 않잖아?"

"……."

"쭉 뻗은 검미(黔眉, 검은 눈썹) 하며 백옥 같은 피부에 칠흑같이 검고 윤기가 흐르는 흑발. 거기에 더해진 군살 없이 탄탄하게 균형 잡힌 몸매! 캬— 정말 신이 원망스러울 정도야. 그렇지?"

"……저에게 무슨 대답을 듣길 원하세요?"

"후후, 너 같은 못난이가 알기나 하겠느냐? 이 대사형의 깊은 고뇌를."

아까부터 계속 거울을 들여다보며 행복한 미소를 짓고 있는 사내.

그의 이름은 적혈명(赤血明)이었다.

"후우…… 사부가 사형을 잘 감시하라고 했던 게 바로 이런 이유 때문이군요."

"응? 무슨 이유?"

"외모와 다르게 칠칠치 못하다는 것."

"뭐?"

문 앞에서 혀를 삐죽이 내밀며 후다닥 도망치는 여인.

그녀의 이름은 주다혜(朱多慧)였다.

방 밖으로 쏜살같이 사라지는 주다혜를 보며 적혈명은 코웃음을 쳤다.

"내 앞에서 감히 도망을 시도하다니, 그 용기는 실로 가상하다."

적혈명이 말을 하며 오른손을 들어 올렸다.

그리고 입가에 비웃음을 그리며 빈 허공을 움켜잡더니, 말아 쥔 오른손을 뒤로 쭈욱 잡아당겼다.

"아, 아악! 대사형! 아파요!"

"후후, 용기는 가상했다만 사람을 잘못 본 네 죄는 크지. 내 오늘 사매에게 특별히 훈계를 내려주겠어."

"사, 사부가 하라고 했던 일 잊었어요? 지금 안 가면 늦을 텐데요?"

사매의 통통한 양쪽 볼을 꾸욱 잡아서 늘리며 사악하게 웃고 있던 적혈명은 의아한 얼굴로 말했다.

"응? 늦는다고?"

"예. 이제 겨우 반 시진밖에 안 남았다구요."

볼살이 늘여져서 웅얼거리며 대답하는 사매의 말에 적혈명은 깜짝 놀랐다.

"뭐? 벌써 시간이 이렇게 됐어? 젠장, 아래에서 기다리고 있어. 금방 나갈게."

적혈명이 당황한 얼굴로 부랴부랴 짐을 챙겼다.

언제나 이런 식이었다.

자신의 완벽한 외모를 넋 놓고 감상하느라 시간 가는 줄 몰라서 사부에게 혼난 적이 한두 번이 아니었기 때문이다.

'하아, 하늘도 무심하시지. 조금 모자라게 태어나게 해 주시지. 이거 원······.'

적혈명이 속으로 그렇게 구시렁거리며 객잔을 나서자 밖에는 말 두 마리가 대기하고 있었다.

그때 주다혜가 허둥지둥 나오는 그에게 고삐 하나를 건네주며 말했다.

"이번 회담에 늦으면 사부가 아마 대사형을 갈아 마셔 버릴 거예요."

"후후, 이 몸이 순순히 당하고만 있을 거 같으냐?"

"저한테만 그렇게 자신만만해하지 말고 좀 있다 사부 앞에서도 그렇게 말씀해 보세요, 좀."

"너 대사형 자리에 관심 있냐?"

"아뇨."

"근데 왜 사부님의 손을 빌어서 날 죽이려 들어?"

"제, 제가 언제요."

"지금 그랬잖아, 지금. 이 건방진 계집."

적혈명이 말을 하면서 주다혜의 볼 한쪽을 꼬집더니 찹쌀떡처럼 잡아당겼다.

그러자 주다혜가 적혈명의 팔을 탁탁 치며 비명을 질렀다.

"아악! 죄송해요, 대사형. 다시는 안 그럴 테니까 이거 좀 놔줘요!"

"흠, 하긴 못난 얼굴 더 이상해지면 큰일이지. 내 눈 썩는다."

적혈명이 아쉬워하는 표정으로 볼을 놔주자마자 주다혜는 황급히 앞으로 말을 몰고 튀어나가며 소리쳤다.

"사, 사부한테 다 이를 거예요."

"후후, 피의 복수가 두렵지도 않느냐?"

둘은 그렇게 아웅다웅하면서 약속 장소인 사천성의 사천제일루(四川第一樓)로 향했다.

*　　　*　　　*

"늦었다."

"죄송합니다, 사부. 오는 길이 험해서 조금 늦었습니다. 아무래도 초행길이잖습니까? 하하핫."

적혈명의 뻔뻔한 변명에 주다혜는 옆에서 불만스러운지 입술을 비죽거렸다.

"문책은 나중에 하기로 하고 서둘러 준비하거라. 손님들은 이미 도착해 있다."

"알겠습니다."

"별채에 들어가서 의복을 정갈하게 하고 나오너라. 이번 만남이 우리에게 얼마나 중요한지 너도 모르지는 않을 터."

"예. 알겠습니다."

적혈명과 주다혜는 각자 배당받은 별채로 들어가 의복을 갈아입고 나왔다.

별 특색 없는 흑색의 무복.

하나 그들의 소매와 왼쪽 가슴께에는 각각 백색의 용이 작게 수놓아져 있었다.

백룡(白龍)의 문양.

현재 중원에서 그런 문양을 소매에 새기는 문파는 존재하지 않았다.

아니, 존재할 수 없었다.

이 백룡의 문양은 감히 중원에 있는 그 누구도 넘볼 수 없는 거대한 세력의 상징이었으니까.

"가자, 사매."

"예. 사형."

적혈명과 주다혜가 사부가 있는 별채에 도착하니 그들의 사부는 명상을 하고 있었다.

"명(明)아."

"예. 사부."

"오늘 자리는 너를 위한 자리임을 잊지 말거라. 오늘 만날 손님들은 장차 네 적이 될 것이 분명할 테니 신중하게 살펴보거라."

적혈명은 웃는 낯으로 고개를 끄덕였다.

"후후, 걱정 마십시오, 사부님. 저야 원래 주인공에 익숙한 남자 아니겠습니까? 이번 회담에서 본 궁(宮)의 격을 확실하게 높이고 오겠습니다. 기도 펴지 못하도록 적들을 꽉 눌러 주도록 하지요."

"……."

불신에 가득 찬 가느다란 눈으로 주다혜가 그녀의 대사형을 흘겨보았다.

"어? 사매. 지금 그 불손한 눈빛은 무슨 뜻이지? 날 못 믿겠다는 건가? 설마?"

"에이. 그럴 리가 있겠습니까, 대사형?"

"그렇지? 하핫, 역시 내가 오해했나 보군. 너무 못생겨서 하마터면 주먹을 쓸 뻔했어. 앞으로 그런 표정은 자제하도록 해. 화가 나려고 하니까."

둘은 조금의 긴장감도 없이 사부 앞에서 쑥덕거리기 시작했다.

적혈명의 사부.

북해(北海)의 차가운 대지를 지배하는 절대자이자 세상에서는 빙백대제(氷白大帝)라 불리는 노인.

새외 세력 중 하나.

북해빙궁(北海氷宮)의 주인인 담천후(曇天后)였다.

"장난은 그만하고 가자꾸나. 손님들 기다리시겠다."

"예, 사부."

그들은 일어나서 후원의 정자 쪽으로 향했다.

그러자 보였다.

야성미가 철철 흐르는 사람들이.

정자에 있던 사람들은 총 세 명이었고, 그들 중 가장 강력한 기도를 뿜어내고 있는 중년인.

얼굴에는 독특한 문양의 문신을 하고 온몸으로 제왕의 기세를 흘리는 중년인이 담천후에게 뚜벅뚜벅 다가가 먼저 악수를 청했다.

"만나서 반갑소이다. 내가 구마벽이오."

담천후는 그를 잠깐 물끄러미 바라보다가 고개를 끄덕였다.

과연 그는 이 자리에 있을 만한 자격이 있었기 때문이다.

"담천후라 하외다."

둘은 악수를 한 다음 한동안 서로를 응시하며 눈을 마주쳤다.

강자를 만나자 가슴속에서 무언가가 꿈틀거리며 일어났지만 지금은 때가 좋지 않았다.

서로가 그 사실을 잘 알고 있었던 것이다.

구마벽이 슬쩍 웃으며 먼저 눈을 돌렸다.

그리고 입을 열어 말했다.

"이 아이가 내 맏아들인 구휘라오. 장차 본 문을 이끌고 나갈 녀석이오. 그 옆에 있는 녀석이 둘째 녀석이오."

"과연……."

구휘를 바라보던 담천후의 눈동자에 은근한 감탄이 떠올랐다.

자신의 제자인 적혈명만큼이나 훌륭해 보이는 재목이 아닌가?

남만의 하늘은 넓다더니 이 정도라면 미개한 야만족이라 무시할 수가 없었다.

하지만 그뿐이었다.

담천후는 여유로운 얼굴을 해 보였다.

후계자라면 이쪽 역시 만만치 않았기 때문이다.

"이 녀석은 내 첫 번째 제자인 적혈명이라 하외다. 그 옆의 아이는 유람차 데리고 나온 막내 제자외다."

구마벽은 적혈명을 한 번 보고 고개를 끄덕인 다음 그 옆에 있는 주다혜를 향해 미소 지었다.

"이렇게 귀여운 아이를 데려와서 눈을 호강시켜 주니 감사해야 할 판이오. 참으로 복스럽게 생겼소."

"허허, 고맙구려."

둘이 그렇게 이야기를 주도해 가고 있을 때.

그들과는 관계없이 적혈명과 구휘는 정자에 도착하던 그 순간부터 서로에게서 눈을 떼지 못하고 있었다.

그들의 눈에는 지금 주변에 있는 다른 사람이나 풍경 따위는 들어오지도 않았다.

'이 녀석……'

구휘의 몸에서 은은하게 흘러나오는 야수성에 적혈명은 오랜만에 기분 좋은 긴장감을 느낄 수 있었다.

전신 근육에 마치 개미들이 달라붙어 기어 다니는 듯 근질거리는 이 느낌.

이런 느낌은 실로 오랜만이었다.

사부님 정도의 고수를 제외하면 또래에 감히 적수가 없을 것이라 여겼는데 아니었나 보다.

회담이고 뭐고 어떻게 되든 상관없다는 듯 적혈명의 눈가가 서서히 투지로 번들거리기 시작했다.

그것은 구휘 역시 마찬가지였다.

본래 오만한 얼굴의 그였지만 지금은 지극히 투쟁심 충만한 눈빛으로 적혈명을 쏘아보고 있었다.

그리고 한참을 서로 바라보던 그 둘은 같은 생각을 머릿속에 떠올렸다.

'이놈은 앞으로 평생을 두고 싸워야 할 적이다.'

쉽게 결판이 나지 않을 것 같았다.

그들 같은 고수들은 싸우기 전에 미리 머릿속으로 가상의 공간을 만들어 그 안에서 무수히 많은 공방을 주고받아 보곤 한다.

한데 이건 결론이 나질 않았다.

상대방이 가상 공간에서는 도저히 결판을 낼 수 없는 기량을 지녔다는 뜻이다.

아무래도 직접 손을 섞어 봐야 알 것 같았다.

적혈명이 그런 생각을 하며 몸을 움찔거릴 때 그의 어깨를 담천후가 가볍게 잡아챘다.

"여기에 왜 왔는지 잊었느냐? 손님에게 무례를 범하지 마라."

"……예, 사부."

끓어오르던 혈기를 가까스로 진정시키며 적혈명은 검집에 올려놓았던 손을 내렸다.

그리고 구휘를 향해 씨익 웃어 주었다.

'지금이 아니라도 언젠가는 붙게 될 거다.'

구휘도 같은 의미로 피식 웃었다.

생각해 보면 서두를 필요가 전혀 없었다.

지금이야 각자 어르신들을 모시고 왔지만 윗세대들은 조만간 자연히 물러나게 될 것이다.

그렇다면 그들의 시대가 온다.

그때에 가서 크게 한판 어울리는 것도 나쁘지 않을 터. 터질 듯이 긴장하고 있던 근육들을 슬슬 이완시키며 적혈명과 구휘는 표정을 풀었다.

"문주께서는 이쪽에서 보낸 서신을 읽어 보시었소?"

"물론이오, 궁주."

"어떻게 생각하시외까?"

남만야수문의 주인.

구마벽은 흥미롭다는 얼굴로 웃었다.

"궁주가 그 서신을 보내지 않았더라면 내가 같은 서신을 궁주에게 보냈을 것이오."

"하면 계획에 동의하는 것이외까?"

"현재의 마교는 한 세력의 힘으로는 도저히 감당할 수 없소. 당연히 궁주의 계획에 동의하오."

담천후는 고개를 끄덕였다.

지금의 천마신교는 너무도 강대했다.

전례가 없을 만큼 강한 것이다.

하지만 너무 강한 것이 흠이었다.

그들은 움직일 생각이 없다 하더라도 주변에 있는 다른 세력들은 그렇게 생각하지 않았다.

가만히만 있어도 큰 위협을 느끼는 것이다.

두려움은 서로를 뭉치게 만드는 법이다.

"삼 년이오. 적어도 삼 년 안에는 정도맹과 흑월회도 이 계획에 동참시켜야 할 것이외다."

"좋은 생각이오."

네 개의 큰 세력.

북해빙궁, 남만야수문, 흑월회, 정도맹.

이들이 한꺼번에 뭉친다면 제아무리 천마신교라 하더라도 감당할 수 없을 것이 당연했다.

최악의 경우 천마신교는 전 무림과 싸워야 하는 처지가 되는 것이다.

"정도맹은 우리 쪽에서 설득해 보겠소. 흑월회는 그쪽이 맡아서 해 주셨으면 하는데 어떻소이까?"

"알겠소. 그들도 바보가 아닌 이상 참여할 것이오. 한번 해 보겠소."

"믿겠소이다."

사천제일루.

차후 무림을 큰 혼란으로 빠뜨릴 계획이 이곳에서 그렇게 시작되고 있었다.

第四章

초혜정주의 맹세

"바쁜 모양이군."

"아닙니다."

이화궁주 백소천.

그녀는 다소곳한 태도로 갑작스러운 방문객을 상석으로 안내했다.

방문객은 너무도 자연스럽게 상석에 가서 앉으며 입을 열었다.

"잠깐 시간이 나서 들렀어. 아리는 잘 있지?"

"네, 교주님."

공손천기.

그는 의자 팔걸이에 턱을 괸 후 씨익 웃으며 말했다.

"나 보고 싶다고 밤마다 떼쓰지는 않고?"

"……다행히 그럴 나이는 지난 모양입니다."

"아쉽구만."

백소천은 차와 다과를 가져와 공손천기 앞에 조심스럽게 내려놓으며 입을 열었다.

"실은 얼마 전에 작은 사고가 있었습니다."

"사고?"

"아리가 허락 없이 궁전을 빠져나가 초혜정에 놀러 간 모양입니다. 갑갑해서 그런 모양인데 다행히도 별다른 사고는 없었습니다. 하지만……."

백소천은 잠시 머뭇거리다가 입을 열었다.

"저의 불찰로 인해 자칫 교주님의 소중한 아이가 불미스러운 일을 겪을 뻔했습니다. 죄송합니다."

"흐음……."

공손천기의 눈가가 뱁새의 그것처럼 가늘어졌다.

그 시선에 백소천은 식은땀을 흘리며 고개를 깊게 숙였다.

"……어떠한 처벌이라도 달게 받겠습니다."

"별다른 일은 없었고?"

"네. 그나마 호위로 붙여 놓았던 아이들이 제때 찾아 다행이었습니다. 단지……."

"단지?"

"초혜정에서 소교주님을 만났던 모양입니다. 서로 대화도 나누었는데 우려할 만한 일은 일어나지 않았습니다."

공손천기는 팔걸이를 집게손가락으로 톡톡 치며 말했다.

"거기서 그 아이를 만났다고? 아리가?"

"네."

"호기심이 생기는구만. 아리를 불러봐."

"알겠습니다."

백소천이 전음으로 밖에 있는 누군가에게 아리를 불러오라고 시키자 얼마 후에 공손아리가 헐레벌떡 뛰어왔다.

"아빠!"

"오호! 우리 딸! 꽤 많이 컸네?"

공손천기는 의자에서 일어나 뛰어오고 있는 공손아리를 와락 껴안았다.

"그동안 왜 안 오셨어요? 많이 바빴어요?"

"이 아빠는 늘 바쁘지. 근데 우리 딸 못 본 사이에 키만 큰 게 아니라 몸무게도 많이 늘었구나."

공손아리가 얼굴을 붉히며 공손천기를 살짝 밀어냈다.

"클클, 부끄러워할 필요 없다. 지금은 많이 먹고 쑥쑥 커야 할 때거든."

끄덕끄덕.

공손아리는 말없이 고개를 끄덕이며 긍정해 보였다.

"사실 그동안 일이 좀 있어서 바깥에 나갔다 왔다. 그래서 못 온 거야."

"바깥이면…… 중원에 다녀오셨어요?"

"응. 중원에 다녀왔지."

딸의 얼굴에 동경과 호기심이 떠오르는 것을 보며 공손천기는 쓰게 웃었다.

그러고 보니 딸은 중원에 대해서 잘 모르고 있었기 때문이다.

"지금 하고 있는 바쁜 일들이 다 정리되면 중원으로 유람이나 한번 가자. 재미있는 것들을 구경시켜 주마."

"와아!"

기대하고 있던 대답인지 공손아리가 박수를 치며 즐거워할 때, 공손천기는 그런 딸의 머리를 가만히 쓰다듬으며 입을 열었다.

"딸."

"네, 아빠."

"사실은 아빠가 조금 궁금한 게 생겼거든?"

"뭔데요?"

"얼마 전에 초혜정에 갔다 왔다고 하던데?"

"……!"

공손아리가 깜짝 놀란 얼굴로 옆에 있던 이화궁주 백소천의 눈치를 살폈다.

그 모습에 공손천기는 피식 웃으며 말했다.

"걱정 마라. 혼내려고 물어보는 게 아니니까. 초혜정에 갔었지?"

공손아리가 백소천을 응시하다가 그녀가 고개를 미미하게 끄덕이자 곧 체념한 얼굴로 대답했다.

"……네, 다녀왔어요."

"오히려 잘됐다. 어떻더냐, 그 녀석? 안 그래도 이번에 한번 데려오려고 했었는데, 아무리 그래도 여기까지 데려오긴 좀 애매해서 말이다."

이화궁은 금남의 구역이다.

정식적인 허가 없이 이곳에 남자가 발을 들였다가는 즉결처분을 당해도 별수 없었다.

물론 교주는 예외다.

"누구……요?"

공손아리가 짐짓 모르는 척 시치미를 떼려고 했지만 공손천기 앞에서는 허망한 몸짓일 뿐이다.

"……어? 수상한데?"

"예? 뭐가요? 아, 아니에요!"

공손아리는 공손천기의 눈이 가늘어지면 가늘어질수록 본능적으로 뒷걸음질 치며 그 시선을 회피했다.

그래도 공손천기가 의심스러운 시선을 거두지 않자 공손아리는 슬그머니 고개를 돌려 아빠를 완전히 외면해 버렸다.

"……좋다. 일단 그 부분에 대해서는 더 이상 묻지 않으마. 서로가 너무 힘들어질 것 같으니까…… 차라리 모르는 게 나을 수도 있을 것 같아. 그렇지?"

"……네."

공손천기는 그답지 않게 다 죽어 가는 기색으로 깊은 한숨을 한 차례 내쉬곤 입을 열었다.

"그래, 어떻더냐? 그냥 솔직한 감상을 한번 말해 보거라."

무얼 말하라는 걸까?

아빠의 의도를 이해하지 못한 공손아리가 의아해하는 기색을 내비치자 공손천기가 다시 입을 열었다.

"좋았느냐, 나빴느냐?"

이번 질문도 몹시 애매했다.

좋다고 말하기엔 지금 상황이 좀 그랬고, 그렇다고 나빴다고 말할 수도 없는 상황이 아닌가?

그래서 공손아리는 나름대로 최선의 선택을 해서 대답했다.

"……나쁘진 않았어요."

"흐음…… 조금 더 구체적으로는?"

왜 이런 것을 묻는지는 모르겠지만 공손아리는 무의식적으로 생각하고 있던 것을 말했다.

"눈이…… 예뻤어요."

공손천기의 눈에서 빛이 반짝였다.

'드, 들켰나?'

찔리는 것이 있어서 공손아리가 움찔할 때.

공손천기가 다시 물었다.

"눈이 어떻게 예뻤는데?"

어떻게 말해야 할까?

공손아리는 잠시 생각하다가 그냥 느꼈던 그대로를 말하기로 했다.

"나, 난생처음 보는 눈이었어요. 뭔가 빛이 반짝반짝하고 편안해지는 눈이라고 해야 될까요? 보고 있으면 마음이 편안해졌어요."

공손천기는 딸의 대답에 활짝 웃으며 말했다.

"역시 그랬군. 내 짐작이 맞았다."

공손아리는 영문을 모르겠다는 얼굴을 해 보일 때 공손천기는 그녀의 머리를 다시 한 번 쓰다듬으며 말했다.

"딸도 너희 엄마와 같은 종류의 눈을 가졌나 보다."

"……엄마랑 같은 종류의 눈이요?"

"그래. 진안(眞眼, 진실을 보는 눈)이라는 건데, 본래 이걸 얻으려면 엄청나게 수련을 해야 하는 거거든? 근데 매우 드물게 태어날 때부터 이걸 타고나는 축복받은 사람들이 있지. 딸도 그렇고, 너희 엄마도 그랬고."

"……."

"그동안 긴가민가하고 있었는데 이로써 확실해졌군. 다행이다, 딸."

딸의 머리를 기분 좋게 쓰다듬으며 공손천기는 히죽 웃었다.

"살아가는 데 분명 도움이 될 거야. 그건."

분명 딸은 자신보다 훨씬 오래 살아갈 것이다.

공손천기가 끝까지 살아서 뒷바라지해 줄 수가 없는 것이다.

그런데 이런 큰 장점이라도 있으면 그래도 딸이 앞으로 살아가는 데 조금이라도 더 편안하지 않겠는가?

그런 생각을 하니 기분이 좋아지는 공손천기였다.

"이제 제자 녀석을 만나러 가 봐야겠다. 자리를 너무 오래 비워놨어."

낯선 환경에 너무 오래 방치해 두는 것도 좋지 않았다.

아무리 또래들보다 똑똑하고 침착한 녀석이라 하더라도 그 녀석은 이제 고작해야 열한 살이다.

아직은 어른의 따뜻한 보살핌이 필요한 나이인 것이다.

게다가 그 녀석은 얼마 전에 어버이처럼 믿고 따르던 스승을 잃지 않았던가?

여러모로 신경을 써 줘야 하는 시점이었다.

거기까지 생각하자 서둘러야겠다는 마음이 생겼다.

"다음에 또 찾아오마. 그때까지 사고 치지 말고 얌전히 기다려라. 알겠지?"

"네, 아빠."

딸을 다시금 꼬옥 안아 준 공손천기는 백소천에게 히죽 웃어 보이며 말했다.

"잘 부탁할게. 그럼."

"걱정 마십시오, 교주님."

"자네만 믿어."

백소천이 고개를 깊숙이 숙이며 예의를 표하는 것을 보며 공손천기는 신형을 날렸다.

바람보다 더 빠르게 제자를 만나러 가는 것이다.

*   *   *

'만나러 온 것까지는 좋은데…… 이건 대체 무슨 일이지?'

초혜정은 엉망진창이었다.

저 먼 곳에서부터 심상치 않은 기세가 느껴지길래 기척을 숨기고 접근해 보니까 이건 정말 가관도 이런 가관이 없었다.

'혈하멸천검진이라…….'

어떻게 된 것인지 모르겠지만 오로지 초혜정을 수호하기 위해 있는 수호멸천대(守護滅天隊)가 초류향을 포위한 채 살벌하게 공격을 가하고 있었던 것이다.

게다가 황당하게도 초혜정주는 그 모습을 멀찍이 떨어져서 지켜보고 있지 않은가?

둘 사이에 무슨 일이 있었는지는 모르겠지만 아무튼 상황은 그다지 좋지 않았다.

막 움직이려던 공손천기는 고개를 갸웃거리더니 아예 나뭇가지에 엉덩이를 붙이고 걸터앉아 버렸다.

'재밌겠군.'

초류향이 가지고 있는 신안의 종류가 유별난 것이라는 사실은 이미 잘 알고 있었다.

그래도 설마 이 정도일 줄은 짐작하지 못했다.

'길을 보고 있는 건가?'

공손천기는 턱을 괴고 흥미로운 얼굴을 한 채 긴박감 넘치는 전장을 지켜보았다.

수호멸천대의 아이들이 거칠게 움직이고 있었지만 그래도 손을 쓸 때 어느 정도 여유는 두고 있었다.

그랬기에 걱정하지 않고 지켜볼 수 있었던 것이지만…….

아무리 손속에 인정을 두었다고 해도 무공의 격차는 실로 어마어마했다.

그런데도 초류향의 털끝 하나 스치지 못하고 있었던 것이다.

'저게 저 아이의 신안인가? 특이한 방법으로 사용하고 있구만.'

제법 좋은 것을 배웠다.

공손천기는 그렇게 고개를 끄덕이며 초류향을 관찰하고 있다가 자신도 모르게 움찔거리고 말았다.

진법이 서서히 깨지고 있었던 것이다.

'제법……'

병영 진법은 결국 사람이 펼치는 것이다.

진법을 이루고 있는 개개인이 흔들리게 되면 진법 전체에 그 균열이 미치게 된다.

초류향은 처음부터 그것을 알고 사람 하나하나를 흔들어 놓고 있던 것이다.

그리고 그 작은 흔들림은 충실하게 전체로 퍼져 가고 있었다.

'이대로라면 곧 진법이 무너지겠군.'

공손천기는 재미있다는 얼굴로 초혜정주를 바라보았다.

지금이라면 그래도 방법이 있다.

한데 과연 저 아이가 그것을 눈치챘을까?

그런 의문을 품었을 때.

초혜정주가 입술을 달싹이며 무언가 지시를 내리는 것이 보였다.

'호오?'

과연 초혜정주.

얕볼 수 없는 녀석이었다.

공손천기는 상체를 아예 앞으로 쭈욱 내놓은 상태로 나뭇가지에 앉아서 흥미진진한 얼굴을 해 보였다.

상황이 어쩌다가 이렇게 된 것인지 이제 그다지 중요하지 않았다.

어디 가서 이런 재미있는 구경을 한다는 말인가?

조금 전까지 제자를 걱정하던 마음은 흔적도 없이 사라지고 그 자리에는 호기심과 즐거움만이 가득했다.

뜻밖의 수확이었다.

'그래. 이제 어떻게 돌파할 테냐, 제자야?'

진법의 형태가 갑작스럽게 바뀌고 초류향에게 위기가 닥쳤다.

과연 저 아이가 이것을 돌파할 수 있을까?

저것은 길이 보인다고 해서 통과할 수 있는 형태의 진법이 아니었다.

기대에 찬 눈으로 바라보고 있을 때.

초류향이 제자리에서 멈춰 선 채 서서히 호흡을 가다듬었다.

'호오?'

공손천기의 눈썹이 꿈틀거렸다.

방금 전, 일순간이지만 초류향의 호흡에 맞춰서 주변의 대기가 요동치는 것을 느꼈기 때문이다.

그리고…….

'녀석, 내가 지켜보고 있는 것을 눈치챘느냐?'

찰나의 시간에 불과했지만 초류향이 슬쩍 자신이 있는 곳을 보는 것이 느껴졌다.

저 녀석의 정체가 대체 뭘까?

어떤 기예(技藝)를 저 작은 몸 안에 가둬두고 있는 것일까?

공손천기.

그의 눈조차도 속일 수 있을 정도의 기예라니…….

얼마나 그 깊이가 깊은 것인지 짐작도 되지 않았다.

'아무튼 이제 시작이군.'

방금 전에 주변의 기운을 움직였던 그 기술.

그게 무엇인지 모르겠지만 곧 펼쳐질 것이다.

'운휘야, 안타깝지만 이번에는 니가 졌다.'

둘 사이에 뭔가 모종의 거래가 있는 것 같은데 그게 무엇인지, 자세한 내용까지는 잘 모르겠다.

하지만 어찌 되었건 공손천기가 보기엔 초류향이 이길 것 같았다.

그리고 실제로도 그랬다.

초류향은 앞을 가로막은 녀석들을 순식간에 제압하고 진법 바깥으로 빠져나온 것이다.

공손천기가 그 모습을 보고 고개를 끄덕일 때 초류향과 다시 한 번 눈이 마주쳤다.

'모르는 척해 주라.'

공손천기가 눈짓으로 그렇게 말하고 있을 즈음.

초혜정주.

운휘가 넋 나간 얼굴로 초류향을 잠시 바라보다가 갑자기 털썩 무릎을 꿇었다.

공손천기의 얼굴에 의아해하는 기색이 어렸을 때.

운휘가 고개를 조아리며 입을 열었다.

"……초혜정주 운휘. 앞으로 남아 있는 제 모든 시간을 소교주님께 드리겠습니다."

"……!"

지켜보고 있던 공손천기가 입을 헤 벌리더니 이내 뻐끔거리기 시작했다.

그가 아는 운휘는 자존심이 대단히 센 녀석이었다.

심지어 교주인 그에게조차 당돌하게 덤벼 댈 정도로 깡이 좋은 놈이 아닌가?

그 모습이 보기 좋아서 데리고 있었는데 이게 갑자기 무슨 일이란 말인가?

'대체 너희 둘 사이에 무슨 일이 있었던 거냐?'

어둠 속에서 지켜보던 공손천기의 눈빛이 심각해졌다.

*　　　*　　　*

착환법을 사람에게 사용한 것은 이번이 처음이었다.

그랬기에 약간의 불안감이 있었던 것은 사실이다.

이제 와 생각하는 거지만 다행히도 일이 정말 잘 풀렸다.

"……초혜정주 운휘. 앞으로 남아 있는 제 모든 시간을 소교주님께 드리겠습니다."

운휘가 그의 앞에 무릎 꿇고 고개를 조아렸을 때.

공손천기와 초류향의 시선이 허공에서 마주쳤다.

자신을 바라보는 스승님의 눈빛에서 초류향은 복잡한 마음을 읽었다.

'그 정도였던가.'

늘 여유롭고 장난스러웠던 스승님이다.

그가 저런 표정을 짓는 걸 보게 될 줄은 생각지도 못했기 때문이다.

초류향은 볼을 긁적였다.

십 년이라는 세월은 생각만큼 짧지 않다.

그랬기에 서로 간에 저런 두터운 정(情)이 생긴 것이겠지만.

둘 사이는 초류향이 생각하고 있던 것보다 더욱 두터웠던 모양이다.

초류향은 바닥에 무릎을 꿇고 있는 운휘를 보며 말했다.

"일단 일어나세요. 보는 눈이 많습니다."

"……."

운휘는 바닥에 엎드려 입술을 깨물었다.

경솔했다.

스스로 생각해 봐도 너무 경솔하고 오만했다.

'실력에는 나이가 없는 법이다.'

맞았다.

예전에 교주님이 해 주셨던 이야기가 백번 옳았다.

겉모습만 보고 눈앞에 있는 꼬마아이의 실력마저 우습게 생각했다.

녀석을 오만방자하다고, 교훈을 내려주겠다고 생각했던 것을 떠올리자 얼굴이 화끈거렸다.

저 작은 몸 안에 무엇이 들어 있는지 자세히 살펴보지도 않고 제멋대로 판단하여 우습게 여기고 있었던 것이다.

운휘는 지금 스스로가 너무도 부끄러웠다.

천천히 몸을 일으키다 운휘는 생각했다.

'복면을 하고 있어서 정말 다행이다.'

너무 어려 보이는 외모였기 때문에 남들이 그를 쉽게 생각하는 게 두려워 썼던 복면이었다.

그것이 지금 이 순간 그렇게 고마울 수가 없다.

"이제 나오셔도 될 것 같습니다. 스승님."

초류향이 어딘가를 바라보며 이야기하자 운휘는 움찔했다.

'스승님? 설마?'

운휘의 시선이 초류향이 바라보는 곳을 따라갔다.

그러자 흐릿하게 보였다.

처음에는 잘 보이지 않았지만 그곳에 무언가가 있다고 생각하고 집중하자 비로소 보이기 시작한 것이다.

'교주님……'

운휘의 눈동자가 불안하게 흔들렸다.

대체 언제부터 이곳에 계셨던 것일까?

조금 전 일어났던 일을 다 보았을까?

교주 공손천기의 표정을 보아하니 아무래도 다 본 것 같았다.

운휘는 손바닥에 피가 날 정도로 주먹을 꽉 움켜쥐었다.

가장 보이고 싶지 않은 장면을 제일 보이고 싶지 않았던 사람에게 보여 주고 말았다.

운휘가 비감(悲感, 슬픈 감정)이 가득한 눈빛으로 공손천기를 바라보고 있을 때.

나뭇가지에 앉아 있던 공손천기가 갑자기 눈앞에 불쑥 나타났다.

그리고 운휘의 얼굴을 뚫어져라 들여다보았다.

그 상태로 한참 무언가를 생각하던 공손천기가 입을 열었다.

"무슨 일이 있었는지는 묻지 않으마. 그건 너희 둘만의 일이니까 내가 관여할 이유가 없지. 하지만 이거 하나는 너에게 꼭 물어봐야겠다."

"……"

운휘는 긴장했다.

눈앞에 있는 교주님은 운휘에게 있어서 그냥 단순히 교주가 아니었다.

항상 불쑥불쑥 찾아와서 예상치 못한 질문들을 해서 그를 깨우쳐 주었고, 그 어떤 어리석은 질문을 해도 누구보다 현명한 해답을 제시해 주던 분이셨다.

이미 운휘에게 있어서 스승님과 다름이 없는 것이다.

그런 사람이 지금 굉장히 복잡한 기색이 어린 얼굴로 자신을 바라보고 있었다.

"정말로 그것으로 되겠느냐?"

"……."

"그러기 위해 무공을 배워 온 것이더냐?"

"……!"

입이 열 개여도 대답할 말이 없었다.

이번 일은 과거 교주님과 내기했을 때와는 사정이 많이 달랐다.

너무도 쉽게 스스로의 인생을 판돈으로 내걸었던 것이다.

그리고 그 승부에서 졌다.

"나는 지금 네 선택이 잘못되었다고 말하는 것이 아니다."

공손천기는 진지한 표정으로 운휘에게 다가와 그의 어깨를 툭 쳐주며 말했다.

"이 아이는 분명 내가 선택한 아이다. 그만큼 대단한 녀석이지. 하지만 너는 내가 본 이 녀석의 진짜 그릇을 아직 보지 못했다."

운휘는 입술을 깨물었다.

그랬다.

초류향이라 불리는 이 소년.

천마신교의 소공자에게서 무언가를 보고, 느끼고, 생각하여 그에게 충성을 맹세한 것이 아니었다.

단순한 내기의 승패.

그 규칙에 따라 충성을 맹세한 것이 아니던가?

"정말 마음으로부터 우리나와 이 아이에게 충성을 맹세하는 것이 아니라면 지금이라도 그만두어라. 너희 둘 사이에 어떤 거래가 있었는지는 모르겠지만 섣부른 선택으로 둘 모두 망가지는 꼴은 보고 싶지 않다는 게 내 솔직한 심정이다."

운휘는 전신을 가늘게 떨었다.

교주님이 그를 얼마나 각별하게 생각하고 있는지 지금 이 한마디로 확실하게 알 수 있었기 때문이다.

가슴 한구석이 따뜻해졌다.

'이것으로 되었다.'

운휘는 만족했다.

이 이상 무언가를 바란다면 그것이야말로 욕심일 것이다.

그때 공손천기가 초류향을 바라보며 입을 열었다.

"네 생각은 어떠하냐? 지금 보기에 네가 마음먹기에 따라 상황이 바뀔 수 있을 것 같다만."

초류향은 그의 스승님을 힐끗 쳐다보았다.

그리고 안경을 벗고 소매로 알을 닦아 내며 말했다.

"전 이 사람을 놓치고 싶은 마음이 없습니다."

공손천기는 눈을 동그랗게 뜨고 초류향을 바라보았다.

약간은 불손한 어투였지만 그 속에서는 결코 꺾을 수 없는 고집이 엿보였다.

이 녀석답지 않았다.

순간 공손천기의 눈가에 야릇한 빛이 떠올랐다가 사라졌다.

'요 녀석 봐라?'

아무래도 무슨 생각을 하고 있는 모양이었다.

공손천기가 그런 내심을 감추며 애써 모르는 척 다시 한 번 물었다.

"서로가 제대로 납득이 된 상태가 아니니 앞으로 힘들지도 모르는데 괜찮겠느냐?"

초류향은 안경을 다시 쓰며 말했다.

"스승님께서는 얼마 전에 저에게 제 사람을 스스로 찾아 쓰라고 말씀하셨지요?"

"그랬지."

"여기에 있는 초혜정주. 이 사람이 제가 찾은 제 첫 번째 사람입니다."

공손천기는 고개를 끄덕인 후 다시 입을 열었다.

"이 녀석은 아직 네 그릇을 보지 못했다. 납득이 안 된 상태지. 그래도 좋으냐?"

초류향은 선선히 고개를 끄덕였다.

그랬다.

분명히 아직 초혜정주는 자신의 실력에 대해 의심하고 있었다.

하지만 상관없었다.

"납득하게 될 겁니다. 제가 반드시 그렇게 만들 테니까요."

대단한 자신감이었다.

공손천기는 스스로의 제자에 대한 평가를 조금 수정해야 했다.

얼마 전까지 자신의 진가를 제대로 모르고 있는 녀석이라고 생각했는데 아니었다.

이 녀석은 이미 진즉에 스스로의 진정한 가치를 알아 버린 것이다.

기뻤다.

억지로 숨기려고 해도 공손천기는 입가를 비집고 흘러나오는 웃음을 주체할 수가 없었다.

"크하하핫! 과연 내 제자다운 대답이었다. 내 걱정이 전혀 쓸데없는 것이라는 것을 알게 되었다. 정말 장하구나. 아주 마음에 든다."

"감사합니다."

초류향은 박장대소하며 즐거워하는 공손천기를 향해 희미하게 웃어 보였다.

아마도 그의 스승님은 도중에 이미 자신의 의도를 알아차린 것 같았다.

그래서 일부러 일이 이렇게 흘러갈 수 있도록 분위기를 유도해 주신 것일 터.

'역시 대단한 분이시다.'

맨 처음 공손천기 스승님을 만나서 그의 제자가 되겠다고 했던 그 순간 들었던 예감.

눈앞에 있는 이 사람을 존경하게 될지도 모른다는 그 예감이 정말 현실로 다가오고 있었다.

"휘(輝)야."

"……예, 교주님."

공손천기는 운휘의 어깨를 잡으며 특유의 장난스러운 표정을 떠올려 보였다.

"사실 솔직하게 말해서 너에게는 미안한 것이 많았다. 언젠가는 다 보상해 주어야겠다고 생각하고 있었지. 하지만 말이다, 이제는 하나도 미안할 게 없다는 생각뿐이로구나."

"……."

미안한 게 많았다니?

이것은 너무도 과한 말이었다.

오히려 그가 받은 것이 너무도 많아서 다 갚을 수 없을 정도였는데 저렇게 말을 하니 운휘는 몸 둘 바를 몰랐다.

'어떻게 대답해야 할까?'

운휘가 고심하고 있을 때 공손천기가 계속 말을 이었다.

"너는 앞으로 이 녀석을 보면서 살아가게 될 것이다. 그리고 내 선택이 틀리지 않았음을 뼈저리게 느끼게 되겠지. 이 녀석을 데려온 나에게 고마워하게 될 거다."

공손천기의 말에 운휘는 담담하게 웃었다.

그러다 천천히 자신의 얼굴을 가리고 있던 복면을 풀어 내렸다.

스륵―

거의 서른이 다 된 나이었지만 스무 살 초반처럼 보이는 앳된 얼굴의 청년이 그 복면 안에 숨어 있었다.

"저는 교주님의 선택을 믿습니다."

공손천기는 씨익 웃었다.

"그럼 너에게 남은 것은 이제 네 눈으로 직접 확인해 보는 것뿐이다."

운휘는 초류향을 바라보았다.

초류향 역시 그 시선을 피하지 않았다.

그 순간 초류향은 문득 깨달았다.

초혜정주 운휘와 눈을 마주하고 있는 지금에 와서야 알게 된 것.

'과연 혈하멸천검진 안에 초혜정주도 들어가 있었다면 상황은 어떻게 되었을까?'

아무리 생각해 보아도 결과를 쉽게 장담할 수 없었다.

초류향은 안경을 매만지며 쓰게 웃었다.

'나에게도 역시 위험한 도박이었다는 것은 부정할 수 없다.'

하지만 이 도박은 분명 가치가 있었다.

운휘라는 사람을 얻기 위해서는 이 정도의 도박은 얼마든지 감수할 수 있는 것이다.

초류향이 막 그러한 생각을 하고 있을 때.

운휘가 다시 한 번 바닥에 무릎을 꿇었다.

"무릎 닳겠다, 이 녀석아."

공손천기가 장난스럽게 웃으며 핀잔을 줬지만 운휘는 웃지 않았다.

그는 진지한 얼굴로 고개를 조아렸다.

운휘의 이마가 바닥에 닿을 정도가 되었을 때 그가 말했다.

"초혜정주 운휘. 앞으로 평생 동안 소교주님을 곁에서 보필할 것을 약속 드립니다."

초류향은 고민했다.

이럴 때는 어떻게 말해 주어야 하는 것일까?

스승님을 바라보며 조언을 구하는 눈빛을 보내 보았지만 공손천기는 '재미있어 보이니까 네가 알아서 해'라는 눈빛만 보내 왔을 뿐이었다.

'어떻게 말해 주어야 할까.'

운휘는 그 재능과 실력이 너무도 탐나는 사람이었다.

그래서 일부러 상황도 이렇게 흘러가도록 만들지 않았던가?

그리고 운휘는 초류향이 받아들이는 첫 번째 사람이었다.

뭔가 가슴에 남을 만한 말을 해 주고 싶었다.

'쉽지 않지?'

공손천기가 초류향의 고심 어린 표정을 보며 싱글벙글 웃었다.

높은 자리에 올라선다는 것은 그만큼 많은 자들이 그의 행동 하나하나를 관찰하고 있다는 뜻이다.

가벼운 실수도 해선 안 되었고, 작은 행동이나 언행 하나에도 그에 대한 책임이 따르는 것이다.

'과연 어떤 말을 해 줄 것이냐?'

공손천기 역시 기대 어린 표정을 짓고 있을 때.

초류향은 입가에 가느다란 미소를 그렸다.

잠깐 사이에 결정을 한 것이다.

초류향은 무릎을 굽혀 운휘의 양 어깨에 손을 올린 후 말했다.

"그대를 장차 나의 번쾌(한나라를 세웠던 고조 유방의 오른팔로, 유방이 위기에 빠졌을 때마다 목숨을 걸고 여러 번 구해 낸 장수)로 삼겠습니

다."

번쾌라니?

운휘는 어린 소년이 건네는 이 한마디에 가슴이 뜨거워지는 것을 느꼈다.

"제 모든 것을 걸고 소교주님을 지키겠습니다."

"믿겠습니다."

초류향은 그제야 환하게 웃었다.

그렇게 그의 첫 번째 호위 무사가 결정되었다.

第五章

대사형의 남다른 취향

　주다혜는 당과(糖菓, 중국의 대표적인 간식)와 전병을 잔뜩 싸 들고
대사형의 방으로 향했다.

　사부인 북해빙궁주의 지시에 따라 정도맹 측을 설득하기 위해 그들
은 사천에 남아 있었던 것이다.

　"대사형, 뭐 해요?"

　대사형이 묵고 있는 별실 방문을 벌컥 열고 고개를 빼꼼히 내민 그
녀는 의아한 얼굴을 해 보였다.

　평소대로라면 거울을 들여다보며 황홀경에 빠져 있었을 터인 적혈
명이 진지한 얼굴로 침상에 앉아 무언가를 골똘히 생각하고 있었던 것
이다.

　신선한 충격이 주다혜를 관통하고 지나갔다.

이 자아도취, 자기애의 결정체인 대사형이 아무것도 하지 않고 생각에 빠져 있다니?

'대사형이 사부님의 명령을 이토록 성실하게 수행하실 줄이야……'

주다혜는 대사형이 평소와는 다르게 정도맹과의 동맹에 전심전력을 다하려는 것이라 생각했다.

그녀는 살짝 감동한 얼굴로 탁자에 먹을거리를 올려놓으며 말했다.

"저는 대사형이 정도맹과의 동맹에 이렇게 열심이실 줄은 몰랐어요. 이거 좀 드셔 가면서 생각하세요."

적혈명은 주다혜를 보며 고개를 갸웃거렸다.

"그게 무슨 소리야?"

"대사형이 평소에 거울 빼고 무언가에 그렇게 집중하고 계신 걸 처음 봐서요. 솔직히 놀랐어요."

"그래?"

당과 하나를 꺼내어 입에 물며 적혈명은 피식 웃어 보였다.

"하긴 나도 좀 놀랍네. 내가 사내 녀석을 하루 종일 생각하고 있을 줄이야."

"예?"

"구휘라고 그랬었나? 남만야수문의 그 덩치 큰 곰 같은 녀석."

"네……."

"그놈을 만난 이후로 놈의 형상이 머릿속에서 떠나질 않는다. 미칠 노릇이군. 젠장."

적혈명은 짜증스러운 얼굴로 머리를 벅벅 긁었다.

그의 말에 주다혜는 충격 받은 얼굴로 뒤로 한 걸음 물러섰다.

"서, 설마…… 대사형, 그쪽 취향이셨어요?"

생각해 보면 평소에도 의심스럽긴 했다.

북해빙궁에는 아름다운 여자들이 많았다.

하지만 대사형은 주변에 널리고 널린 많은 여인네들에게 단 한 번도 눈길조차 주지 않았다.

그 차가운 태도 탓에 북해빙궁 내에서는 적혈명에 대해서 남색(男色)을 한다느니, 밤마다 어린 소년을 납치해 끌고 간다느니 하는 등의 온갖 꺼림칙한 소문이 나돌 정도였다.

주다혜는 그런 소문을 들을 때마다 그저 웃고 말았지만 어쩌면 사형의 숨겨진 진실과 마주하고 있다고 생각하니 온몸에 소름이 돋았다.

'아무리 그래도 그렇지. 그렇게 털이 수북수북하고 근육이 우락부락한 사내 취향이셨을 줄이야.'

나이에 맞지 않게 뽀얀 피부를 자랑하는 대사형이라면 그래도 야들야들한 소년 같은 사내와 어울릴 것 같았다.

주다혜가 온몸을 비비 꼬면서 그런 야릇한 망상에 빠져 있는 것을 보고 적혈명은 얼굴을 찡그렸다.

그리고 그녀에게 성큼성큼 다가갔다.

"요 기집애가 또 망측한 상상을 하고 있구만."

"아, 아우욱! 아파요!"

적혈명은 한 손으로는 당과를 먹으며 다른 한 손으로는 주다혜의 볼을 주욱 잡아당기다가 한숨을 내쉬었다.

"젠장. 짜증 나는군."

그때 구휘와 맞붙어 싸우지 못한 것이 지금까지도 너무 아쉬웠다.

그 정도의 녀석이라면 정말 가지고 있는 밑천을 탈탈 털어서 시원하게 한판 붙어 보고 싶었는데 그런 욕망을 강제로 억제당해 버려서인지 하루 종일 기분이 꿀꿀했다.

무언가를 부수고 싶었다.

인간이 가지고 있는 가장 원초적인 욕망이 몸 안에서 쉴 새 없이 꿈틀거리고 있는데 막상 분출하려 하니 적당한 상대가 없는 것이다.

"아아악! 짜증 나!"

"꺄아아악! 아, 아프다구욧!"

퍼억—!

적혈명은 자신을 사납게 밀쳐내는 사매를 찌릿한 눈빛으로 쏘아보았다.

"어쭈?"

응분의 대가를 치르게 하기 위해 사매를 바라보니 주다혜가 왼쪽 볼을 손으로 문지르며 눈물을 찔끔 흘리고 있는 게 아닌가?

"아우우……."

왼쪽 볼이 완전히 빨갛게 변해서 퉁퉁 부어올라 있었다.

마치 사탕을 한쪽에만 물고 있는 듯한 형상.

적혈명이 그 모습에 눈을 크게 뜰 때 주다혜는 야수의 그것처럼 흉흉한 눈빛으로 적혈명을 노려보았다.

"어어?"

평소 같았으면 저런 불손한 눈빛을 보이는 그 즉시 피의 대가를 치르게 했겠지만 지금은 지은 죄가 있는지라 적혈명은 감히 덤벼들지 못하고 입만 벙긋거리고 있었다.

"대—사형!"

"으응? 왜 불러."

적혈명은 자신도 모르게 뒤로 한 걸음 물러서며 대답했다.

주다혜의 기세가 실로 사나웠기 때문이다.

저항도 못 하는 이때에 괜히 맞서다가는 봉변을 당할 수가 있었다.

"이거 어쩔 거예요, 이거."

사매는 부어터진 볼 때문인지 발음이 부정확했다.

그 모습이 웃겼지만 지금은 웃으면 뒷감당이 안 될 것 같았다.

"어, 어쩌긴. 의원을 찾으러 가야지."

적혈명이 떨떠름하게 대답하자 주다혜는 방 밖으로 손가락을 내밀었다.

"그게 무슨 뜻이야?"

"빨리 의원 찾아서 데려와요."

"내, 내가? 나 혼자? 사매, 그냥 같이 가는 게 낫지 않을까? 잘 생각해 봐. 그래야 더 빨리 치료를 받잖아."

주다혜는 이번에 자기 얼굴을 손가락으로 가리키며 말했다.

"지금 이 꼴로 밖을 돌아다니라구요?"

적혈명은 꿀 먹은 벙어리가 되었다.

사매의 말에 크게 공감했기 때문이다.

'하기야 저 꼴로 밖을 돌아다니는 건 무리지.'

지금 사매의 몰골은 확실히 엉망이었다.

다른 사람의 정신 건강에 심한 악영향을 끼치는 것이다.

그것을 속으로만 생각하면 되는데 적혈명은 평소 버릇처럼 머릿속 생각이 입 밖으로 튀어나와 버렸다.

"뭐, 꼬라지가 우습긴 하다."

말을 내뱉고 아차 했지만 이미 늦어 버렸다.

적혈명이 움찔하며 주다혜의 눈치를 살필 때 주다혜가 다시 손가락을 들어서 방문을 가리켰다.

"빨. 리. 나. 갓!"

한 음절씩 끊어서 소리치는 사매의 호쾌한 모습에 적혈명은 아무런 반론도 제기하지 못하고 재빠르게 방을 빠져나와야만 했다.

*　　　*　　　*

"저렇게 사나워서야 대체 누가 데려갈까?"

밖으로 나온 적혈명은 투덜거렸다.

물론 자신의 장난이 조금 과했다는 것은 인정한다.

그렇지만 이건 좀 정도가 지나친 것 아닌가?

막내 사매라고 너무 오냐오냐해 줘서 그런가 싶었다.

의원을 찾으러 걸어가는 내내 투덜거리던 적혈명은 눈앞에 괜찮아 보이는 찻집이 나타나자 바로 들어가 자리에 앉았다.

아픈 사매 따위는 기억 속 저 구석탱이로 밀어 넣은 지 오래였다.

"무엇을 드릴까요, 손님."

"용정차 한 주전자를 주게. 작은 걸로."

"알겠습니다."

"후우, 날씨 한번 좋네."

적혈명은 푸른 하늘을 올려다보며 잠시의 여유를 즐겼다.

그때 그의 감각을 건드리는 미묘한 느낌에 적혈명은 고개를 돌렸다.

'뭐지?'

누군가가 저쪽에 마차를 세워두고 이곳으로 다가오고 있었다.

"무엇을 드릴까요, 손님?"

점원이 마차에서 내려 이곳으로 걸어오는 적갈색 머리의 소녀를 보며 물었다.

소녀, 냉하영은 주변을 살피며 적당한 자리를 찾다가 우연히 적혈명과 눈이 마주쳤다.

'무림인?'

냉하영은 상대방을 파악하기 위해 머리를 굴렸다.

어디 소속일까?

아무래도 아직까지 정도맹의 영역이었기에 행동이 조심스러워졌다.

시엽이 은신하고 있으니 걱정은 없었지만 그래도 큰 소란을 일으키는 것은 원치 않았다.

'낭인인가?'

적혈명은 지금 문파를 상징하는 옷에서 평범한 무복으로 갈아입고 나온 상태였기에 소녀는 그의 정체를 알아채지 못했다.

단순히 잘생긴 무림인이라고만 생각한 것이다.

그것도 지나치게 잘생긴.

"손님?"

점원이 재차 부르자 소녀는 적혈명과 마주 볼 수 있는 자리에 앉으며 대답했다.

"철관음(鐵觀音). 작은 걸로."

"알겠습니다."

점원이 주문을 받고 사라지자 냉하영은 편안한 자세로 의자에 앉아 눈을 감았다.

지금 강호의 정세는 실로 혼란스럽기 그지없었다.

이곳저곳에서 자잘한 분쟁이 발생했고, 그런 가운데 정도맹 소속의 중소 문파들은 여기저기서 밀리고 있는 형편이었다.

그에 비해 천마신교와 줄을 대고 있던 중소 문파와 표국들은 아주 살맛 난다는 듯 활개치고 있었는데, 흑월회는 그 사이에 껴서 어부지리로 그럭저럭 여러 가지 이권을 챙길 수 있었다.

'앞으로 십 년…….'

그녀가 보았을 때 공손천기가 건재한 이상 천마신교의 권세는 십 년 정도는 무난하게 유지될 것 같았다.

과연 이 상황에 어떻게 대처해야 이득이 되는 것일까?

냉하영이 그러한 생각들을 하고 있을 때.

맞은편에 앉아 있던 적혈명은 심각한 표정으로 그녀를 바라보고 있었다.

'뭐냐, 대체?'

저 소녀가 등장하는 그 순간 칼날처럼 잘 벼려진 적혈명의 감각 안에 무언가가 분명히 걸려들었다.

한데 아무것도 보이지 않았다.

이런 일은 처음이었다.

그리고 이것은 매우 불쾌한 일이었다.

'재미있군.'

소녀는 그의 관심거리가 아니었지만 그 주변에 있는 누군가는 적혈
명의 흥미를 동하게 하기에 충분했다.

적혈명은 혀로 입술을 한 번 핥은 후 자리에서 일어섰다.

그리고 냉하영이 자리한 탁자로 다가와 그녀의 맞은편 의자에 털썩
앉았다.

"실례 좀 하겠습니다."

냉하영은 눈을 떴다.

그리고 맞은편에서 그녀를 보며 웃고 있는 미남자를 응시했다.

"무슨 일이시죠?"

특별히 경계하지 않았다.

그녀의 곁에는 시엽도 있었고, 냉하영 본인만 하더라도 어지간한 무
인들은 눈 하나 깜짝 안 하고 상대할 수 있었기 때문이다.

게다가 아직 상대방의 의도를 모르지 않은가?

미리부터 움츠러드는 것은 그녀의 방식이 아니었다.

"그쪽이 자꾸 제 호기심을 자극해서 이렇게 와 봤습니다."

"……."

단순히 수작을 부리러 온 것일까?

정말 그렇다면 오히려 다행이었다.

그녀의 정체를 모르고 있다는 것이 확실하니까.

적혈명은 냉하영을 뚫어져라 들여다보았다.

그리고 이곳저곳을 꼼꼼하게 살피다 낮게 감탄을 터트리며 고개를

끄덕였다.

"이야, 이거 몰랐는데 장래가 무지하게 기대되는 아가씨였군요. 적어도 삼 년만 지나면 확실하게 숙녀가 되실 겁니다."

"……무슨 뜻이죠?"

냉하영이 상대방의 알쏭달쏭한 말에 기분 나빠해야 할지 좋아해야 할지 모르겠다는 듯 고개를 갸웃거릴 때, 적혈명이 불쑥 본론을 말했다.

"근데 대체 정체가 뭡니까?"

"……."

적혈명의 단도직입적인 질문에 냉하영은 살포시 웃어 보였다.

"큰 도매업을 하시는 아버님을 따라 잠시 바깥 구경을 나왔지요. 곧 아버님이 오시는지라 기다릴 겸 이렇게 나와 있는 거예요."

"호오? 그래요?"

그 순간 냉하영은 상대방의 태도에서 그녀로선 익숙지 않은 불쾌감을 느꼈다.

그것은 그녀의 말이 상대에게 전혀 먹혀들지 않았을 때 느끼는 그런 종류의 불쾌함이었다.

"표면적인 이야기는 잘 들었습니다. 그럼 진짜 정체가 뭔지 알려 주시지요, 아가씨."

냉하영은 고민했다.

눈앞에 있는 이 남자의 정체가 뭘까?

정말로 그녀의 신분을 알고 접근한 것일까?

그러기엔 이것은 너무 어설픈 우연이 아닌가?

"그쪽의 정체부터 밝히는 게 순서가 아닐까요?"

적혈명은 빙그레 웃었다.

하얀 치아가 드러나는 기분 좋아 보이는 웃음.

하지만 그 웃음을 정면으로 바라보고 있는 냉하영은 온몸에 오싹 소름이 돋았다.

'이 사람은……'

눈앞의 미남자는 정체를 숨긴 고수였다.

그것도 그녀로서는 감히 그 크기를 잴 수 없을 정도의 엄청난 고수.

그런 고수가 대체 왜?

"제가 아가씨에게 무례를 범했군요. 하지만 정체를 밝히기엔 곤란한 입장이라 어떻게 해야 할지 모르겠습니다."

"……정말 우연히 이렇게 만난 것이라면 서로 모르는 척하는 게 좋을 것 같군요."

냉하영은 등에서 흐르는 식은땀을 느끼며 필사적으로 머리를 굴렸다.

상대방은 고수였다.

그것도 그녀가 판단하기에 화경의 고수.

방금 살짝 드러낸 기세만 보아도 확신을 가지기에 충분했다.

'위험해.'

이 사내에 대한 정보가 극단적으로 적었다.

현재 그녀의 움직임은 얼마 전에 정도맹에게 고의적으로 흘렸을 때를 제외하면 누구에게도 노출되지 않았다.

흑월회에조차도 기별을 넣지 않고 무작위로 이동하고 있었기 때문이다.

그랬기에 눈앞에 있는 이 미남자를 만난 것은 우연이라고 생각했다.

그것도 대단한 불운.

그녀가 그렇게 결론을 내렸을 때.

적혈명이 입을 열었다.

"저는 그러고 싶지 않습니다, 아가씨. 제가 이래 봬도 제법 인연을 소중하게 생각하는 사람이거든요."

"……굳이 그래야겠나요?"

냉하영이 싸늘한 눈빛으로 이야기하자 적혈명은 화사하게 웃었다.

"굳이 그러려고 온 겁니다."

주변의 공기가 폭발적으로 요동쳤다.

냉하영의 동공이 크게 확장되는 그 순간.

적혈명의 손이 움직였다.

＊　　　＊　　　＊

시엽은 냉하영이 찻집에 들어섰을 때부터 적혈명의 존재를 눈치채고 있었다.

'곤란하다.'

적혈명의 전신에서 흘러나오는 강한 패기.

그리고 그 강렬한 투쟁심이 시엽의 동공을 흔들어놓고 있었다.

'열다섯 걸음 정도인가.'

불쾌한 일이었지만 상대방이 장악하고 있는 영역이 지나치게 넓었다.

처음에 예상했던 범위는 대략 열다섯 걸음 정도.

그 안에 들어서게 되면 원하지 않아도 존재를 들킬 것 같았다.

그래서 특별히 조심하고 있었는데 갑자기 적혈명의 영역이 크게 증대되었다.

이런 경우는 난생처음이었다.

그것 때문에 대응이 조금 늦어졌다.

'인지했다.'

적혈명은 주변을 두리번거리고 있었다.

냉하영은 모르겠지만 지금 적혈명의 영역은 이미 이 찻집 전체를 아우르고 있었던 것이다.

시엽은 등에서 흐르는 식은땀을 느끼며 최대한 숨결을 죽였다.

스승님인 흑월야황 냉무기의 독문은신술.

'기둔법(氣遁法).'

이것을 사용하면 바로 눈앞에 서 있어도 그 누구도 시엽의 존재를 알아챌 수 없었다.

세상에서 스스로의 존재감을 완벽하게 지우는 것이다.

하지만 이것도 완전하지는 않았다.

어디를 가든 적혈명 같은 규격을 벗어난 예외가 있는 법이니까.

저런 존재를 만난다면 스스로의 판단에 따라 거리 조절을 능숙하게 해야 했다.

다행히 가까스로 적혈명과의 거리를 벌렸기 때문에 존재 자체가 들키는 최악의 상황은 일어나지 않았다.

하지만 문제는 냉하영이었다.

그녀는 지금 겉으로 드러나 있었다.

때문에 시엽은 판단을 내려야 했다.

'열 걸음.'

냉하영과의 현재 거리는 그 정도였다.

여기서 냉하영과의 거리가 더 벌어진다면 적혈명의 손아귀에서 그녀를 지킬 수가 없다.

시엽이 고뇌하고 있을 때.

적혈명이 움직였다.

어쩔 수 없이 시엽도 따라 움직여야 했다.

'아홉 걸음, 여덟 걸음…….'

거리는 계속 좁혀져서 어느 순간 시엽은 냉하영의 바로 옆에 서 있게 되었다.

이 정도 거리가 아니라면 적혈명의 손에서 냉하영을 지킬 수 없기 때문이다.

'얼마나 버틸 수 있을까?'

식은땀이 시엽의 이마를 타고 주르륵 흘러내렸다.

상대와의 거리가 가까워지면 가까워질수록 기척을 숨기기 위해 더 많은 힘을 소비해야 했고 결국엔 감당키 힘들 만큼 막대한 힘을 쏟아 부을 수밖에 없었다.

게다가 지척까지 거리가 가까워진 지금, 조금만 방심해도 들킬 위험이 있었다.

'이건 위험하다.'

머릿속으로 위험신호가 끊임없이 경종을 울리고 있었다.

저 정도 고수와 마주하고 있는 것 자체만으로도 압박감이 상당한데, 냉하영까지 지켜야 하기에 시엽은 필사적으로 호흡과 내력을 조절하고 있었다.

여기서 조금이라도 기둔술이 흩어진다면 바로 위기가 찾아오기 때문이다.

그때 적혈명과 냉하영이 나누는 이야기가 들려왔다.

별다를 게 없어 보이는 내용들.

시엽은 서서히 눈을 감고 정신을 집중했다.

여태껏 기둔술을 이토록 한계가 넘는 선까지 펼쳐 본 적은 없었다.

그런데 지금 생명의 위기 속에서 냉하영을 지켜야겠다는 책임감 때문에 스스로의 한계를 돌파해 버린 것이다.

처음에 불편하고 힘들었던 순간들을 어떻게든 넘어가고 나자 그 뒤에는 커다란 희열이 다가왔다.

그건 새로운 경험이었다.

느릿하게 움직이던 심장이 빠르게 박동하고 전신 모공이 크게 열리며 감각이 사방으로 확장되어 갔다.

어처구니없게도 가장 위험하고 위급한 순간에 깨달음이 찾아온 것이다.

그 순간 적혈명이 뿜어내는 날카로운 살기가 그의 신경을 건드렸다.

눈을 뜨자 적혈명이 냉하영을 보며 웃고 있는 모습이 보였다.

'온다.'

시엽은 결단을 내렸다.

그 순간 주변의 공기가 출렁이며 적혈명의 손이 바람처럼 움직였다.

파앙—!

공기가 찢어지는 듯한 소음과 함께 적혈명이 손바닥을 탈탈 털며 얼굴을 찌푸렸다.

"뭐야? 진짜 있었잖아?"

"……."

냉하영은 자신의 눈앞을 가로막은 시엽의 팔을 응시했다.

어떤 상황이었는지는 모르지만 시엽이 그녀를 지켜 주었다는 것만은 확실했다.

상황을 파악하자 화가 치솟았다.

"무례하군요."

"무례한 건 그쪽이야."

적혈명은 주먹을 쥐었다 폈다 하면서 시엽을 응시했다.

격돌 순간 냉하영의 바로 옆에서 유리가 부서지는 것처럼 배경이 깨어지는 게 눈에 들어왔다.

동시에 위험을 느낀 적혈명이 장난스럽게 뻗은 손에 더더욱 힘을 가했다.

하지만 결과적으로 이번 일격은 적혈명이 손해를 보았다.

"재미있는 은신술이군. 뭐였지, 방금 그건?"

시엽은 대답을 하지 않고 적혈명을 뚫어지게 응시했다.

그리고 확신했다.

'이 남자…… 무언가를 감추고 있다.'

조금 전까지는 보이지 않던 것들이 눈에 선명하게 들어왔다.

같은 화경의 고수라도 그 수준 차이는 분명히 존재한다.

구주십오객들 중에 삼황오제칠군이 같은 화경의 고수인데도 불구하고 실력 순으로 나뉜 것을 보면 알 수 있었다.

시엽은 냉하영의 전면을 가리고 있던 손을 천천히 내렸다.

그리고 주먹을 움켜쥐었다.

방금 모종의 깨달음을 얻어 한 단계 상승했지만 상대방에게 쉽사리 승리를 장담할 수 없었다.

조금 전에 우위를 점한 것은 순전히 상대가 자신을 얕봤기 때문에 가능했던 일.

'이제 그런 요행을 바랄 순 없다.'

시엽이 긴장된 표정으로 입을 다물고만 있자 냉하영이 말했다.

"장난은 여기까지 하죠. 저희는 가 보겠어요."

"이렇게 설레게 해 놓고 어디를 가려고?"

적혈명은 시엽을 바라보며 환하게 웃었다.

냉하영은 이제 눈에 들어오지도 않았다.

눈앞에 있는 사내.

이 녀석은 확실히 보통이 아니었다.

구휘와는 전혀 다른 종류의 강함이 있는 것이다.

게다가 젊었다.

기껏해야 자신과 비슷해 보이는 연령대가 아닌가?

이 녀석도 분명 다음 대를 기다리고 있는 놈이 분명했다.

'절대로 보내 줄 수 없지.'

이들을 보내 줄 수 없는 가장 결정적인 이유는 녀석도 검을 쓴다는 점이다.

"맨손으로는 아무래도 재미없지? 어때? 검으로 붙어보는 게?"

방금 전의 부딪침으로 확실하게 알았다.

저놈의 손바닥에 있는 굳은살은 멋으로 만들어진 게 아니라는 것을.

'검을 들면 어느 정도일까?'

적혈명은 자신의 검집을 매만졌다.

사부를 제외하고 그 누구에게도 진다고 생각해 본 적이 없었다.

'한 번? 아니야, 세 번 정도는 가능하겠군.'

세 번의 검격.

적어도 그 안에 승부가 갈릴 것이다.

분명 저 정도의 검사(劍士)라면 일격 일격에 전력을 쥐어짜서 돌입해 올 터.

'아직은 내가 위다.'

같은 화경의 고수였지만 시엽은 적혈명보다 반 수가량 아래였다.

적혈명은 그렇게 판단했고, 실제로 그 판단은 정확했다.

하나 그 차이는 실로 종이 한 장 차이라 할 수 있으리만치 얇았다.

'하지만 절대적이지.'

시엽 역시 적혈명과 같은 생각을 하고 어두운 얼굴을 해 보였다.

상대방을 바라보면 바라볼수록 자신과의 미세한 격차가 더욱 뚜렷하게 느껴졌던 것이다.

"방심할 정도는 아니니 나도 전력을 다할 거야."

불쑥 입을 연 적혈명이 자리에서 일어나 양손을 편하게 늘어뜨리며 말했다.

"너 정도의 녀석이 대체 뭐가 아쉬워서 저 아가씨의 호위를 하고 있는지는 잘 모르겠다. 뭐, 사실 관심도 없다는 게 진심이지만…… 어찌 되었든 지금 등을 보이고 달아나면 그대로 베겠다. 너랑 저 아가씨 둘 다."

이제 물러설 수도 없게 되었다.

시엽은 천천히 호흡을 고르며 말했다.

"……장소가 좋지 않다."

시엽이 말하자 적혈명은 주변을 힐긋 둘러보았다.

확실히 그랬다.

찻집의 사람들은 심상치 않은 기색을 눈치채고 빠져나갔지만 주변에 있던 몇몇의 무림인들은 거리를 벌려 놓고 멀찍한 곳에서 이쪽을 주시하고 있었다.

그 시간이 길어질수록 구경꾼들도 늘어만 갔다.

"확실히 곤란하긴 하군. 관객들이 너무 많아."

냉하영은 적혈명의 중얼거림을 듣고 확신했다.

'이자는 정도맹의 인물이 아니야.'

그렇다면 대체 어디에서 튀어나온 것일까?

저 정도의 고수를 키워낼 곳이 있다는 말인가?

"장소를 옮길까?"

적혈명의 말을 듣던 냉하영은 입술을 깨물었다.

상대방이 원하는 대로 끌려 다녀야 하는 현실이 불쾌한 것이다.

게다가 시엽의 얼굴을 보아하니 이 승부에 대한 확신이 없어 보였다.

그것은 그만큼 상대방이 강자라는 뜻.

'좋지 않아.'

어떻게든 시간을 벌어야 했다.

최악의 경우도 염두에 두어야 하니까.

적혈명은 그런 냉하영을 바라보며 미안한 얼굴로 웃었다.

"내가 원래 이런 사람이 아닌데 오늘 좀 열 받는 일이 있어서 말이야."

—그게 우리랑 대체 무슨 상관이야!

냉하영은 그렇게 소리치고 싶은 것을 가까스로 억눌렀다.

무림이라는 곳이 그랬다.

힘이 없으면 아무리 억울해도 하소연할 수도 없었다.

억울하면 힘을 키우면 된다.

그래서 강해지면 되는 것이다.

그곳이 무림이다.

'생각해 보니 좀 미안한 일을 했군.'

적혈명은 어색한 얼굴로 턱을 긁적였다.

구휘 때문에 점화되었던 투쟁심이 사매 때문에 불타오르다가 전혀 엉뚱한 데서 터진 셈이었다.

저들의 입장에서는 날벼락을 맞은 꼴인 것이다.

'그래도 뭐, 나쁘지 않지.'

아직 서로 이름도 모르고 정체도 모른다.

하지만 그런 것은 지금 상관없었다.

상대가 지금 몸속에서 꿈틀거리는 이 투쟁심을 토해 내도 될 만한 적이라는 것.

그것이면 충분했다.

'욕구불만이네.'

적혈명은 스스로의 상태를 정확하게 진단한 후 피식 웃었다.

너무 참아도 좋지 않았다.

높은 곳을 향해 올라가려면 가끔은 이런 기분 전환도 필요한 것이다.

"장소는 그쪽에서 정하도록 해. 양보하도록 하지."

시엽은 고개를 끄덕였다.

그리고 다짜고짜 양해도 구하지 않고 냉하영을 번쩍 안아 들었다.

"앗!"

"실례하겠습니다."

쉬이이익—

귓가를 스치는 바람이 매섭다.

주변의 풍광들이 빠르게 뒤로 멀어져 갔다.

"휘유~ 보기 좋은데?"

냉하영은 적혈명이 뒤에서 휘파람 소리를 불며 약 올리는 것도 귀에 들어오지 않았다.

그저 붉어진 얼굴로 시엽의 목에 팔을 감았을 뿐이었다.

안 그러면 떨어질 것 같았다.

심장이 쿵쾅거리며 뛰고 괜스레 부끄러운 기분이 들었다.

'정신 차려, 냉하영!'

속으로 아무리 그렇게 스스로를 자책해 봐도 소용이 없었다.

그토록 냉철하고 침착하던 냉하영이었지만 지금 같은 상황은 그녀도 처음 겪어 봤기 때문이다.

더욱 당황스러운 것은 그녀로서도 기분이 그다지 싫지 않다는 점이다.

그렇게 진정되지 않는 마음으로 눈을 꼭 감고 냉하영은 그저 시엽에게 안겨 있었다.

'이곳이다.'

시엽은 적당한 장소를 보고 신형을 멈췄다.

몇몇의 무인들이 뒤따라왔지만 중간부터는 속도가 너무 차이 나서 거리가 벌어지다 결국 떨어져 나갔다.

그들이 지금 있는 곳은 성도에서 조금 벗어난 야산이었고, 그곳은 둘이 싸워도 아무도 올 사람이 없을 만큼 한적한 장소였다.

"좋군."

뒤따라온 적혈명도 주변을 둘러보며 만족했다.

이곳이라면 적어도 방해꾼의 개입은 피할 수 있을 듯했다.

카카칵—

적혈명은 좌측 먼 곳에 깊고 긴 선을 하나 그었다.

"그쪽 아가씨는 이 선 너머로 오지 마. 휘말릴 수도 있으니까."

냉하영은 시엽이 바닥에 내려 주자 순간 균형을 잡지 못하고 비틀거렸다.

다리가 풀려 버린 것이다.

그 모습에 적혈명은 히죽 웃었다.

"많이 좋았나 보네?"

"……시끄러워요."

"앙칼진 맛이 있는 아가씨였군. 일단 저쪽에 가서 기다리도록 해.
저길 넘어오면 나도 모르게 베어 버릴 수 있으니까 조심하고."

냉하영은 시엽을 힐끔 쳐다보았다.

왠지 정면으로 눈을 마주치기 어려웠기 때문이다.

시엽이 그녀의 눈빛을 읽고 고개를 끄덕였다.

"기다리시면 됩니다."

냉하영은 입술을 깨물고 선 너머로 넘어갔다.

자신이 이곳에서 할 수 있는 것은 아무것도 없었다.

머리를 쓰는 일에는 자신 있는 그녀였지만 지금처럼 순수한 무인들
끼리의 격전에서는 할 수 있는 게 전혀 없는 것이다.

그녀는 태어나 처음으로 스스로의 무력함을 느꼈다.

"시작해 볼까?"

시엽은 고개를 끄덕였다.

다른 건 몰라도 저 사내는 냉하영을 위협할 의도는 없는 모양이었
다.

그것이면 충분했다.

지킬 필요가 없어지자 마음의 짐이 한결 가벼워졌다.

지금이라면 이길지도 모른다.

그렇게 시엽이 마음먹은 순간.

적혈명은 눈을 부릅떴다.

정면에 있던 시엽의 몸이 갑자기 사라졌기 때문이다.

第六章
여의주의 권능

　초류향은 오늘도 정자 난간에 걸터앉아 인공 연못을 물끄러미 바라
보고 있었다.

　이곳 천마신교에 온 지도 벌써 열흘이 다 되어 간다.

　십만대산에 도착하자마자 엄승도에게 부탁하여 집으로 기별을 넣긴
했지만 아직까지 그 답신을 받지 못했다.

　덕분에 초류향은 지금도 그 일에 상당히 신경을 쓰고 있는 중이었
다.

　사실 아버지가 어떠한 반응을 보이실지 어느 정도 예상이 되었기 때
문이다.

　'괴롭다.'

　초류향은 안경을 벗고 그것을 닦아 내며 쓸쓸한 얼굴을 해 보였다.

아버지는 초류향 앞에서는 천마신교나 사파에 대해 겉으로 애써 관대한 척하려고 하셨지만 사실 마음속 깊은 곳에서는 그들을 받아들이지 않고 계셨다.

조금 더 솔직하게 말하자면 같이 어울리고 싶어 하지도 않으셨던 것이다.

어쩌다 하는 수 없이 표물 호송 건 때문에 그들과 엮이게 되더라도 최대한 거리를 두려고 애쓰시는 것이 어린 초류향의 눈에도 보일 정도였으니까.

'그런데 아들이 뜬금없이 천마신교의 소교주가 될 줄이야…….'

아버지의 입장에서 보면 날벼락도 이런 날벼락이 없을 것이다.

쓴웃음이 입가에 절로 그려졌다.

초류향은 아버지와는 달리 사파나 마교에 대한 선입견이 거의 없었다.

어찌 보면 아버지 초무령의 편견을 없애려는 열성적인 교육이 빛을 발한 것일 수도 있었고, 다른 한편으로는 거짓된 교육이 불러일으킨 참사일 수도 있었다.

어찌 되었건 이미 되돌릴 수 없었다.

'나중에 잘 말씀드려야겠다.'

일생을 결정짓는 중요한 선택이었기에 부모님의 의견을 구해야 함이 마땅했지만 당시에는 그럴 경황이 없었다.

자신의 선택을 이해해 주실 것이라 믿어 보면서도 한편으로는 그러기 어려울 것이라는 생각이 들자 그저 씁쓸하게 웃을 뿐이었다.

초류향은 고개를 휘휘 저어 머릿속의 상념을 털어 낸 후 난간에 걸터앉아 품 안에 있는 월인도법을 만지작거렸다.

'련이라……'

월인도법은 총 서른 자의 구결로 이루어져 있었고, 각 구결마다 그것을 연마하는 방법이 쓰여 있었다.

제일 처음의 시작인 련.

그곳에서부터 초류향은 꽤 오랫동안 막혀 있었다.

어찌해야 할지 전혀 감이 오지 않았기 때문이다.

'온몸을 무기로 만든다.'

말은 제법 그럴싸하게 들린다.

세상 그 무엇에도 부러지지 않고, 깨지지 않는 단단한 육신.

그것을 만드는 게 월인도법의 시작이었다.

하지만 이건 초류향의 입장에서는 너무도 막연했다.

'내부의 삼라만상을 끌어 올려 신체를 강건하게 만든다. 그리하면 천하를 부술 수 있는 힘을 얻게 될 것이다.'

첫 구결에 대한 부연 설명이다.

여기서 가장 중요한 것은 내부의 삼라만상이었다.

대체 이것이 무엇을 말하는 것인지 짐작도 가지 않았던 것이다.

"때로는 모든 것을 쉽게 바라볼 필요가 있지. 진리라는 것은 의
외로 단순한 놈이거든."

공손천기 스승님이 해 주셨던 조언이 머릿속에 어지럽게 떠다녔다.

쉽게 바라보라니?

대체 어디를 어떻게 바라봐야 하는 것일까?

초류향의 입장에서는 더욱더 아리송해졌을 뿐이다.

'이 하나만 풀면 나머지도 어렵지 않을 텐데……'

뭐든지 처음이 어려운 법이다.

이것만 넘어가면 다음부턴 무난할 것 같은데 해결 방법이 보이질 않았다.

초류향이 그렇게 이마를 짚으며 혼자서 끙끙 앓고 있을 때였다.

누군가의 웃음소리가 머릿속에서 들려왔다.

[애송이, 여전히 어리석은 것에 집착하고 있구나.]

초류향은 눈을 반짝였다.

이 오만하고도 고고한 말투.

'어르신!'

제갈량.

그가 갑자기 말을 걸어 온 것이다.

그동안 대체 어디 갔었기에 말이 없었던 것일까?

아무리 불러도 대답조차 없었지 않은가?

정작 필요할 때는 도움도 주지 않고서 대체 무얼 하고 있었던 것일까?

초류향이 머릿속으로 그런 갖가지 서운함을 폭풍처럼 떠올리자 제갈량이 쓰게 웃으며 말했다.

[네놈이 대책 없는 짓을 하는 바람에 그동안 나 역시 바빴다.]

대책 없는 짓? 그리고 바빴다니?

그게 무슨 뜻일까?

지금 제갈량은 육체는 없고 정신만 남아 있는 것이 아니었던가?

한데 대체 무슨 일로 바빴다는 말일까?

[천노(天怒) 그 녀석이 승천하기 전에 제법 재미있는 장난을 치고 갔더구나. 덕분에 예정에도 없던 고생을 해 버렸다.]

제갈량의 음성에는 약간의 분노가 묻어나 있었다.

무엇에 화가 난 것일까?

게다가 천노라면 얼마 전에 승천했던 이무기의 이름이 아닌가?

초류향이 의문을 떠올리자 제갈량은 섭선을 부치며 조용하게 말했다.

[묵룡(墨龍)의 여의주를 아무런 준비도 없는 이런 애송이에게 덥석 심어 버릴 줄이야……. 그것을 해결하느라 시간이 좀 걸렸지.]

초류향이 용에게 받았던 두 가지 보답.

하나는 월인도법이었으며 다른 하나는 자색의 구슬이었다.

그 자색의 구슬.

그것의 정체는 바로 묵룡의 여의주였던 것이다.

[조금 깨지긴 했었지만 여의주라는 것은 본래 인간이 다룰 수가 없는 종류의 물건이다. 네놈은 그것도 모르고 덥석 그것을 만졌지.]

초류향은 고개를 끄덕였다.

그때 죽을 뻔하지 않았던가?

엄청난 전류가 전신을 관통한 이후에 의식을 잃어버렸었다.

다행히 살아났지만 그때 느꼈던 공포는 아직도 생생했다.

[네놈은 그때 죽어도 전혀 이상할 게 없었다.]

아니, 본래라면 죽었어야 했다.

여의주가 가진 힘은 인간의 육체로는 감히 버틸 수가 없으니까.

그 사실을 천노도 잘 알고 있었다.

그래도 여의주를 넘겨준 것은 초류향의 몸 안에 있는 제갈량을 믿었기 때문이었다.

그가 있다면 여의주의 힘을 충분히 감당할 수 있을 거라 예상한 것이다.

'이 꼬맹이 녀석은 분명 자기가 죽을 뻔했던 것도 몰랐겠지.'

제갈량은 섭선을 부치며 입술 끝을 실룩거렸다.

그때 이 꼬마 녀석을 살리려고 얼마나 고생했는지, 그 수고를 생각하니 다시금 울컥 화가 치밀어 오른 것이다.

제아무리 절대의 완벽함을 자랑하는 제갈량이지만 그건 어디까지나 육체를 온전히 가지고 있을 때의 이야기였다.

사실 지금의 그에게는 별다른 능력이 없는 것이다.

때문에 이번의 위기는 정말 소화하기 힘들었다.

하마터면 정신으로만 존재했던 그조차 여의주의 막대한 힘에 휩쓸려 소멸할 뻔했으니까.

'정말로 죽을 뻔했지.'

제갈량은 슬쩍 하늘 위를 응시하며 그곳에서 웃으면서 이곳을 지켜보고 있을 천노를 욕했다.

하나 천노의 이 못된 장난질 덕분에 절체절명의 위기도 있었지만 제갈량이 얻은 것도 분명 있었다.

[애송아.]

'예. 어르신.'

[내부의 삼라만상이 무엇인지 궁금하더냐?]

은근한 말투.

초류향은 눈을 반짝였다.

제갈량.

과연 이 굉장한 사람은 내부의 삼라만상이라는 것에 대해서도 잘 알고 있는 모양이었다.

'가르침을 받고 싶습니다, 어르신.'

[좋다. 그럼 조금 도움을 주도록 하지.]

제갈량은 선뜻 말하며 섭선으로 입을 가린 채 음흉하게 웃었다.

그동안 폭주하던 여의주의 힘을 억제하느라 고생했던 기억들이 빠르게 제갈량의 머릿속에 떠올랐다가 사라졌다.

초류향이 기대 어린 눈을 하고 있을 때.

갑자기 시야가 불이 꺼진 것처럼 확 어두워졌다.

'어?'

동시에 두 다리에 힘이 쫙 풀리고 주변에 가득했던 소리가 완전히 사라졌다.

그렇게 초류향이 비틀거리며 앞으로 쓰러지려는 순간, 갑자기 운휘가 옆에서 나타나 바닥과 충돌하기 직전인 그를 안전하게 받아 들었다.

"소교주님?"

"......"

시야에 초점이 없었다.

운휘가 얼굴을 굳히고 가볍게 초류향의 몸을 흔들어 보았지만 정신을 차리지 못했다.

운휘의 얼굴이 점차 딱딱하게 굳어졌다.

급하게 맥을 짚어 보았지만 맥박도 미약했다.

'이게 대체……'

본능이 위험을 경고하고 있었다.

소교주의 지금 상태는 아주 심각했던 것이다.

호흡도 점차 가늘어지고 있었고, 몸은 시체처럼 축 늘어져 있었다.

거기에 더해 항상 연한 복숭앗빛이 돌고 있던 건강한 혈색은 어느새 창백하게 변해 있었다.

운휘의 머릿속에 위기감이 몰려왔다.

"소교주님! 소교주님!"

아무리 애타게 불러 봐도 초류향은 정신을 차리지 못했다.

점차 시퍼렇게 변하는 안색을 바라보던 운휘는 퍼뜩 정신을 차렸다.

그리고 번개처럼 몸을 날렸다.

초류향을 업은 채 약제당으로 향한 것이다.

*   *   *

쾅—!

약제당은 천마신교에서도 가장 중요한 거점 중 하나였다.

때문에 경비도 삼엄했고, 그곳에 있는 무인들의 수준도 전반적으로 높았다.

하지만 그것도 어디까지나 일반적인 경우에나 통용되는 것일 뿐.

눈이 뒤집힌 화경의 고수가 작정하고 달려들면 그들로서도 대책이 없는 것이다.

"비켜라!"

"멈추시오!"

저 멀리에서부터 약제당의 외문(外門)을 부수며 엄청난 기세로 쏘아져 오는 사람을 발견하고 스무 명에 가까운 무인들이 그 앞을 막아섰다.

그 모습에 운휘의 눈가에 차가운 살기가 떠올랐다.

"막으면 죽는다."

"……!"

운휘는 지금 마음이 급했다.

품 안에 있는 소교주의 호흡이 점차 미약해지기 시작한 것이다.

'시간이 없다.'

초조함 때문일까?

운휘의 몸에서 점차 살인적인 기운이 뿜어져 나오기 시작했다.

그 기세가 어찌나 사나운지 그 앞을 막아선 절정 고수들조차 오금이 저려올 정도였다.

'화경의 고수다!'

약제당을 지키고 있던 고수들이 이를 악물고 대응할 준비를 했다.

제아무리 상대가 화경에 들어선 자라 해도 물러설 수 없었다.

이곳은 그들이 목숨을 걸고 사수해야 했기 때문이다.

그것이 그들에게 주어진 임무.

'온다.'

운휘의 앞을 막아서던 고수들의 얼굴에 점차 절망감이 떠오를 때.

내문(內門)이 열리며 누군가의 음성이 들려왔다.

"그 녀석 앞을 막지 말거라. 내가 잘 아는 녀석이다."

"당주님!"

"쯧, 소란 떨 거 없다. 한데 여기까지 대체 무슨 일로 온 거냐? 이 아침부터."

약제당주 선우조덕.

그는 다행히 몇 번 본 적 있었던 운휘를 기억하고 있었다.

운휘 특유의 기운을 알고 있었기에 늦지 않게 등장할 수 있었던 것이다.

선우조덕은 아무런 설명도 인사도 없이 빠르게 자신에게 다가오는 운휘를 보며 눈살을 찌푸렸다.

운휘의 눈가에 떠올라 있는 다급함을 읽은 것이다.

"욘석아, 침착하거라. 이유를 알아야 내가 너를 도와줄 것이 아니냐?"

하나 아무런 설명도 없이 불쑥 앞으로 내밀어지는 운휘의 두 팔.

그 위에 죽은 듯이 늘어져 있는 소년.

"소교주님입니다."

운휘의 말에 여유롭던 선우조덕의 얼굴에서 점차 미소가 사라져갔다.

"뭐?"

"소교주님입니다."

선우조덕은 그제야 상황을 파악한 것인지 눈을 크게 뜨고 초류향을 받아 들었다.

그리고 재빨리 초류향의 맥문을 움켜쥐고 안색을 굳혔다.

맥박이 거의 뛰지 않고 있었던 것이다.

"……소교주님께서 이 지경이 될 때까지 네놈은 어디서 무얼 하고 있었느냐?"

"……."

운휘는 아무런 대답도 하지 못했다.

그런 운휘의 모습에 선우조덕은 분노로 전신이 덜덜 떨려왔다.

잠시 동안 운휘를 잡아먹을 듯한 기세로 노려보던 선우조덕이 낮게 말했다.

"만약 소교주님께 무슨 일이 생긴다면 네놈의 뼛조각까지 씹어 먹어 버릴 것이다."

운휘는 복잡한 눈빛으로 고개를 숙였다.

그도 사실 대체 왜 이렇게 된 것인지 몰랐다.

하지만 운휘는 감히 그런 변명을 할 수가 없었다.

분명 소교주님의 곁에 있었음에도 불구하고 아무런 조치도 취하지 못했고, 아무런 위험도 알아채지 못했기 때문이다.

'한심하다.'

운휘의 눈동자가 탁한 회색으로 풀려 갈 때 선우조덕은 소매에서 대침을 꺼내었다.

그가 평소에 그렇게 애지중지하며 아끼는 생사금침(生死金針)을 꺼내 든 것이다.

선우조덕은 재빨리 초류향의 오른쪽 새끼손가락 끝에 금침을 꽂아

넣었다.

푸욱—!

깊게 박은 그 침을 다시 뽑아내자 검게 죽은피가 손가락 끝에서 뭉클거리며 흘러나왔다.

선우조덕은 그 모습을 살피며 이마에 흐르는 식은땀을 소매로 닦아냈다.

"……아무나 빨리 가서 교주님을 모셔 오너라."

"아, 알겠습니다."

문 앞을 지키고 있던 무인들 중 몇 명이 사라지고 선우조덕은 초류향을 안아 든 채 재빨리 약제당 안으로 들어섰다.

그리고 초류향을 침상에 눕힌 다음에 수하들에게 지시해서 갖가지 영약들을 챙겨오게 했다.

'반드시 살려내야 한다.'

귀하디귀한 천마신교의 후계자였다.

이렇게 허무하게 잃을 순 없는 것이다.

선우조덕은 이를 악물고 자신의 양쪽 소매를 걷어 낸 후 생사금침을 들어 올렸다.

평생 쌓아 놓은 의술을 모두 한꺼번에 쏟아 부을 각오를 한 것이다.

*   *   *

본래 북해(北海, 현재의 바이칼 호수)는 강호에서 그다지 신경 쓰지 않는 곳이었다.

워낙에 척박한 환경이었고, 그런 까닭에 그곳에 거주하는 사람들 역시 극소수였기 때문이다.

하나 그곳에 북해빙궁이 존재함으로써 사람들의 인식은 크게 변하게 되었다.

승부는 한순간에 갈릴 것이다.

시엽은 그렇게 생각했다.

그리고 그것은 시엽에게 있어서 상대적으로 불리하게 작용될 것이 뻔했다.

하지만 어쩔 수 없었다.

이 정도의 고수 앞에서는 그 어떤 잔재주도 무의미했기 때문이다.

'완벽한 기회를 만들어야 한다.'

그렇게 하려면 어떻게 해야 될까?

의문이 떠오름과 동시에 시엽은 움직였다.

그의 신형이 엿가락처럼 길게 늘어나며 적혈명의 측면으로 쏘아져 갔다.

시엽의 검은 연검이었다.

검으로서 꼿꼿함이 없고 흔들거리며 찰랑거리는 것이 그 특징이다.

그 검에 내력을 불어 넣자 검날이 빳빳해지며 날카로운 예기를 내뿜기 시작했다.

'왔다.'

적혈명은 뒤로 반 발자국 정도 물러서며 자세를 조금 낮췄다.

인정하고 싶지는 않지만 상대방의 움직임이 그보다 한 끗 정도 빨랐다.

눈으로 보고 피하려 한다면 이미 늦다.

그의 영역 안에 들어온 것을 감각적으로 모조리 베어야 하는 것이다.

'그저 빠른 것뿐이면 두려워할 필요가 없지.'

적혈명은 웃었다.

상대방이 그보다 뛰어난 점은 단 하나, 빠르다는 것.

그것 하나밖에 없었다.

그러니 두려워할 이유가 없다.

피웃—

옆에서 위로 솟구쳐 올라오는 날카로운 감각.

목덜미 쪽에 오싹한 기운이 느껴진다.

전신이 시려올 정도의 농도 짙은 살기.

'피한다! 피한다!'

이번 것만 피하면 된다.

첫 일격만.

이것만 피할 수 있으면 적혈명의 승리였다.

안 그래도 낮았던 적혈명의 자세가 더더욱 낮아지며 상체가 거의 바닥에 닿을 듯 앞으로 깊숙이 숙여졌다.

사악—

섬뜩한 느낌과 함께 간발의 차이로 뒷머리카락만 잘려 나갔다.

동시에 적혈명은 송곳니를 드러내며 웃었다.

'내가 이겼다.'

적혈명은 숙였던 몸을 바로 세움과 동시에 본능적으로 검을 뽑았다.

팔뚝 근육들이 터질듯이 꿈틀거렸다.

그와 함께 검이 폭발적으로 검집에서 뽑혀져 나왔다.

치이익—

허공을 수놓는 백색의 섬광.

검을 뽑는 그 순간부터가 공격의 시작이었던 것이다.

시엽의 동공이 크게 확장되었다.

피웃—

'발검술(拔劍術).'

세상에서 가장 빠른 발검술.

그것이 바로 북해빙궁의 무서움이었다.

적혈명은 미소 지었다.

'끝났다.'

이 일격은 상대의 몸을 세로로 쪼개 버릴 것이다.

피할 수도 막을 수도 없다.

그렇게 확신했다.

"서로 간의 거리가 없어지면 그 어떤 기기(技欺, 재주와 속임수) 도 의미가 없다."

시엽의 머릿속에 흑월야황 냉무기.

스승님의 음성이 울려 퍼졌다.

동시에 시엽의 손에 들린 연검이 작게 출렁거렸다.

서로 간의 거리는 지척.

가까운 거리일수록 실력이나 재주보다는 냉철한 판단력과 경험이 우선시되었다.

실력은 적혈명이 한 수 위인 것이 분명했다.

이건 치명적이다.

하지만 서로의 숨결이 느껴질 정도로 가까운 이 정도의 거리라면 그 실력 차도 무의미한 것이 된다.

'기다리고 있었다.'

시엽 역시 이런 상황을 노리고 온 것이다.

기회는 단 한 번.

아래에서 올려쳐지는 검을 처음부터 예상했었다.

이것은 피할 수도 막을 수도 없다.

적혈명의 일격은 그렇게 만만한 것이 아니기 때문이다.

그랬기에 애초에 시엽이 선택할 수 있는 건 그다지 많지 않았다.

그리고 처음부터 시엽은 하나의 각오를 하고 이 상황을 만들었다.

'동귀어진(同歸於盡, 함께 죽음).'

막거나 피할 수는 없었지만 함께 죽을 수는 있었다.

그리고 그것이면 족했다.

시엽의 연검 끝에 내력이 모이고 그것이 뱀의 혓바닥처럼 일직선으로 곧장 쏘아져 갔다.

노리는 곳은 적혈명의 심장.

시엽의 눈과 적혈명의 눈이 허공에서 마주쳤다.

동시에 서로의 생각이 뚜렷하게 전해졌다.

'젠장.'

적혈명은 이를 뿌드득 갈았다.

곱게 생겨 먹은 놈이 알고 보니 미친개였다.

이 녀석이 노리는 것이 무엇인지 이제 확실하게 알아 버렸다.

이건 곤란한 일이다.

애초에 이런 야산에서 사내놈과 사이좋게 같이 죽을 생각은 눈곱만큼도 없는 적혈명이었으니까.

'어떻게 하지?'

검을 뒤로 물릴 수는 없었다.

이것을 물린다면 뒤이어 쏟아져 오는 일격들을 감당할 자신이 없다.

하지만 그렇다고 같이 죽어 줄 수도 없는 노릇이 아닌가?

진퇴양난(進退兩難, 앞으로 나갈 수도 뒤로 물러갈 수도 없음)의 상황에 빠져 버렸다.

'가 보자. 이 망할 놈.'

가벼운 마음으로 시작한 비무였다.

진다는 생각 따위는 조금도 하지 않는 기분 전환용 비무.

그것이 이제는 목숨을 걸어야 할 비무로 바뀌어 버렸다.

적혈명의 검이 급하게 옆으로 틀어졌다.

시엽의 검을 쳐 내려 한 것이다.

하지만 시엽은 호락호락하지 않았다.

연검이 낭창낭창 휘어지며 적혈명의 검을 피해 낸 후 다시금 심장을 노려왔다.

그때부터 시작이었다.

적혈명은 일방적으로 방어만 했고, 시엽은 쉬지 않고 적혈명의 급소를 노려 왔다.

일격으로 끝날 줄 알았던 비무가 길어지고 있었다.

순식간에 수백 번의 칼질이 오고갔다.

하지만 단 한 번도 서로의 검이 부딪치는 법이 없었다.

검이 부딪치는 순간 승부는 갈릴 테고, 그것은 적혈명이 노리는 바였다.

하나 시엽은 그럴 생각이 전혀 없었다.

'집중력이 흩어지는 순간 진다.'

둘은 지금 같은 생각을 하고 있었다.

조금이라도 삐끗하는 순간.

집중력이 흐려지는 바로 그 순간 상대방의 검이 몸통을 꿰뚫어 버릴 것이다.

적혈명은 이를 악물고 방어에 치중했다.

'지독한 새끼.'

놈은 공격 하나하나에 자신의 목숨을 걸고 있었다.

스스로에 대한 방어를 완전히 도외시한 채 공격만 퍼붓고 있는 것이다.

빈틈이 뻔히 보였지만 어쩔 도리가 없었다.

이렇게 가까운 거리에서 승기를 빼앗긴 이상 끌려가는 수밖에 없는 것이다.

먼저 지치거나 방심하면 죽는다.

여유로웠던 적혈명의 얼굴이 시간이 지날수록 눈에 띄게 일그러져 갔다.

'위험해.'

냉하영은 두 손을 꼭 모아 쥐고 아랫입술을 깨물었다.

언뜻 보기엔 시엽이 승기를 잡고 있는 것처럼 보인다.

그가 일방적으로 공격을 퍼붓고 있었으니까.

하지만 이건 위험하다.

팽팽하게 잡아당겨진 현이 작은 자극에도 끊어지듯이 작은 흠집이라도 생기는 그 순간 시엽의 몸은 산산이 조각날 테니까.

'어디에서 온 것이지?'

갑작스럽게 드는 의문.

저 정도의 고수가 이름이 없을 리가 없다.

거기까지 생각하던 냉하영은 고개를 저었다.

'아니. 이름이 없을 수도 있어.'

그녀의 호위 무사인 시엽이 그렇지 않은가?

화경의 고수임에도 불구하고 세상은 그를 모르고 있다.

눈앞에 있는 저 사내 역시 마찬가지일 것이다.

그녀가 알고 있는 정보를 아무리 뒤져 봐도 저런 사내에 대한 내용은 없었으니까.

하긴 지금은 사내의 정체가 중요한 것이 아니었다.

'어떻게든 방법을 생각해 내야 해.'

시간이 지날수록 분명 시엽이 불리해질 것이다.

그는 냉하영이 보기에도 분명 무리를 하고 있었기 때문이다.

지금의 상황이 그다지 길게 유지될 수는 없을 터.

그게 그녀의 판단이었고, 또 올바른 생각이었다.

'조금이라도 흔들어 놓을 수만 있다면…….'

생각에 생각을 거듭하던 냉하영은 결국 방법을 떠올리고 희미하게 웃었다.

이 상황을 타개할 방법이 생각난 것이다.

'조금 비겁하지만…….'

강호를 살아가는 거친 사내들의 정정당당한 일대일 진검 승부.

그런 신성한 대결에 끼어드는 건 분명 치사한 행동이다.

하지만 냉하영에게 그런 것 따위는 조금도 중요하지 않았다.

지금 그녀에게 있어서는 시엽을 살리는 것이 최우선 과제였고, 항상 결과를 중시하는 그녀에게 이것은 고민거리도 되지 않았다.

그래야만 했다.

'하지만…….'

이상하게도 망설여졌다.

분명히 돌파할 수 있는 방법을 찾아냈는데도 승부에 집중하고 있는 시엽을 보고 있으니 그렇게 하는 것 자체가 죄악같이 느껴진 것이다.

어째서일까?

결과를 최우선시하는 그녀에게 이런 고민은 정말 생소한 것이었다.

그 순간.

치이익—

시엽의 팔뚝에 적혈명의 검이 스쳐 지나가며 가느다란 혈선이 그려졌다.

그 순간 냉하영의 눈에 불똥이 튀었다.

더 이상 망설일 시간도 망설일 이유도 없어진 것이다.

'나중에 그가 나를 원망해도 할 수 없어.'

냉하영은 적혈명을 보았다.

그리고 결심한 얼굴로 가볍게 입술을 달싹거렸다.

『그대는 북해빙궁의 사람인가요?』

적혈명에게 전음을 날린 것이다.

그와 동시에 공격해 들어가던 적혈명의 검에서 순간적으로 예리함이 없어졌다.

최고조로 유지하고 있던 집중력이 깨어진 것이다.

전음 단 한 번에.

"이 계집이……."

푸아악—!

피가 분수처럼 솟구쳤다.

치명상이었다.

적혈명의 가슴팍에서 뿜어져 나온 그것을 보며 냉하영은 빠르게 움직였다.

방금 일격을 날린 시엽도 무사하지 못했다.

적혈명이 이를 악물고 검을 날린 것이다.

시엽의 옆구리에서도 한 사발은 됨 직한 피가 끊임없이 흘러나왔다.

"쿨럭!"

냉하영은 바람처럼 달려가 입으로 피를 토해 내는 시엽을 부축하고, 그의 상처 부위에 금창약을 발라 주었다.

"여기까지 해요."

"……뭐라고?"

적혈명은 활화산처럼 분노했다.

그리고 냉하영을 향해 이를 부득부득 갈며 말했다.

"이것이 중원의 방식이냐? 아니면 네년의 아집이냐?"

냉하영은 대답하지 않았다.

시엽 역시 그녀를 복잡한 눈빛으로 보고 있음을 눈치챘기 때문이다.

'원망해도 어쩔 수 없어.'

애초에 호위 무사가 함부로 목숨을 걸고 싸운 것 자체가 잘못이다.

그녀 앞에서 죽으려고 하다니 멋진 척도 정도가 있는 법이다.

냉하영은 그렇게 생각하며 적혈명을 바라보았다.

"뭐라고 욕해도 좋아요. 당신이 이번에는 이겼어요. 하지만 그것뿐이에요."

"…….."

적혈명은 검을 버팀목 삼아 겨우 쓰러지지 않은 채로 호흡을 골랐다.

머리가 핑핑 돌며 세상이 뒤죽박죽 엉켜들어 갔다.

분노가 제어되지 않았다.

저 계집이 가장 결정적인 순간에 끼어든 것이다.

'빌어먹을.'

상처가 생각보다 심각했다.

150 수라왕

어서 빨리 치료를 해야 하는데 상황이 좋지 않았다.

적혈명이 어두운 얼굴을 할 때 때려죽여도 시원치 않을 계집이 입을 열었다.

"전 냉하영이에요. 흑월회의 사람이죠."

"……!"

"그쪽은 이름이 뭐죠?"

적혈명은 어금니를 깨물었다.

흑월회와 정도맹은 아직 싸울 대상이 아니었다.

손잡고 천마신교를 쳐야 하는 이 시점에 적이 되면 곤란해지는 것이다.

"이름을 말해 줘요. 차후에 이 빚을 갚을 테니."

적혈명은 눈을 감았다.

고민이 되는 것이다.

그러다 한숨을 내쉬며 입을 열었다.

"……너의 이름은 뭐지?"

"전 냉하…….."

"네년의 이름 따위를 물어본 게 아니다. 관심도 없으니 옆으로 꺼져라."

"……!"

냉하영은 입술을 깨물었다.

그녀가 언제 이런 대접을 받아 보았던가?

그때 시엽이 호흡을 고르고 있다가 눈을 뜨며 적혈명을 바라보았다.

그리고 짧게 대답했다.

"시엽."

"시엽이라……."

적혈명은 웃었다.

그리고 입가에 흐르는 피를 소매로 닦아 내며 바닥에 박혀 있던 검을 뽑아 들었다.

"내 이름은 적혈명. 북해빙궁의 후계자다. 차후에 이번 일에 대한 빚을 받으러 흑월회로 가겠다."

시엽은 고개를 끄덕였다.

"기다리지."

적혈명은 씨익 웃었다.

계집은 별로였지만 이놈은 마음에 들었던 것이다.

당당하게 등을 보이며 걸어가는 적혈명의 모습을 바라보며 시엽은 생각했다.

'졌다.'

그것도 확실하게 졌다.

냉하영이 중간에 끼어들지 않았다면 아마 지금쯤 바닥에 시체가 되어 나뒹굴고 있었을 것이다.

'다시는 싸우고 싶지 않다.'

그것이 솔직한 심경이었다.

다음번에는 이번과 같은 요행을 바랄 수 없을 게 분명했으니까.

상대방은 강했고, 비무가 조금만 더 길어졌다면 분명히 죽었을 것이다.

시엽은 비틀거리며 일어서다가 다시 바닥에 주저앉았다.

"괜찮아요?"

냉하영의 질문에 시엽은 고개를 끄덕였다.

이때까지 그들은 몰랐다.

차후에 검왕(劍王)이라 불리며 천하를 뒤흔들 절대 고수를 상대로 살아남았다는 사실을…….

그 사실을 깨닫게 되는 것은 먼 훗날의 일이었다.

第七章

초류향의 동면

사람이 호흡을 하는 것은 특별히 머리로 의식하지 않아도 가능한 일이다.

팔다리를 움직이는 것 역시 마찬가지다.

딱히 그것에 대한 노력이나 집중 없이도 가능하지 않은가?

하나 곰곰이 생각해 보면 그런 일이 대체 어떻게 가능한 건지 의문이 든다.

걷고, 말하고, 숨 쉬는 것.

자연스럽게 이루어지는 이 모든 행위.

그것은 사실 몸 안에 있는 어떤 힘의 작용에 의해서 가능했던 게 아닐까?

실제로 그렇다고 가정했을 때, 만약 그 '힘'이 어느 한순간 모두 사라져 버린다면 어떻게 될까?

그리되었을 때의 예시를 잘 보여 주고 있는 것이 바로 지금의 초류
향이었다.

'어둡다.'

까만 어둠이 사방에 가득했다.

이것은 단순히 빛이 없어서 보이지 않는 것이 아니었다.

'시력이 완전히 없어졌다.'

물론 초류향이 이 사실을 깨닫게 된 것은 한참 시간이 지난 뒤였다.

손을 뻗어 앞을 더듬어 보려 했지만 그것도 지금은 불가능했다.

일단 팔다리의 느낌이 없었기 때문이다.

아니, 조금 더 정확하게 말하자면 아예 몸뚱이 전체가 없어진 듯한
느낌이었다.

세상에서 그의 육체가 완전히 사라진 것 같은 느낌.

'이게 대체……'

어떻게 된 것일까?

하나 초류향은 이런 상황에서도 당황하지 않고 침착하게 기다렸다.

과연 잠시 후에 누군가가 초류향의 '의식'으로 말을 걸어 왔다.

[애송이, 어떠하냐? 견딜 만하더냐?]

은근하면서도 오만한 말투.

이 말투의 주인공은 제갈량이었다.

일단 초류향은 지금 상태를 솔직하게 대답했다.

'답답한 것만 빼면 그럭저럭 견딜 만합니다.'

그랬다.

그럭저럭 견딜 만했다.

이것이 지금 상황에 딱 좋은 표현인 것 같았다.

[견딜 만하다?]

'예.'

이것은 제갈량에게 있어서 예상 밖의 대답이었다.

보통의 경우 이런 기묘한 상황과 마주하게 되면 크게 혼란스러워하지 않던가?

그런데 이 꼬맹이는 근래에 이런저런 일들을 많이 겪어서인지 의외로 이런 말도 안 되는 일에 덤덤한 편이었다.

제갈량은 섭선을 만지작거리다 입을 열었다.

[지금 이 상태를 네 스스로 극복하면 네가 알고 싶어 하던 것은 자연스럽게 이해할 수 있을 게다.]

초류향이 알고 싶어 하던 것.

그것은 몸 안에 있는 삼라만상에 대한 것이었다.

저절로 눈이 반짝였다.

문제에 대한 해답이 가깝게 다가온 것이 느껴졌기 때문이다.

'그것과 지금의 이 몸 상태가 관련이 있습니까?'

초류향이 진지하게 묻자 제갈량은 선선히 긍정했다.

제갈량이 생각하기에 이 꼬마 녀석의 가장 큰 장점은 집중력이 뛰어나다는 것이었다.

'하지만 그것은 치명적인 단점이기도 하지.'

제갈량은 섭선 끝을 만지작거렸다.

이 꼬마 녀석은 무언가 하나를 생각하기 시작하면 그것을 깊게 파고 들어가 끝을 봐야만 직성이 풀리는 녀석이었다.

그것은 무언가의 성취도를 높이는 데 탁월한 효과가 있겠지만, 다른 관점으로 보면 주변에 있는 다른 것들을 못 보고 지나칠 수도 있다는 게 아니겠는가?

지금도 그랬다.

삼라만상이라는 궁금증을 해결할 수 있겠다, 라는 생각이 들자 정작 가장 중요한 것을 놓치고 있지 않은가?

제갈량은 그 부분에 대해서 짚어 주기로 했다.

[간단하게 말해 주자면 네 녀석은 지금 정신과 육체를 인위적으로 분리시켜 놓은 상태다. 그리고 이건 아주 위험한 시도지.]

위험하다? 왜?

초류향이 선뜻 이해가 되지 않는다는 얼굴을 해 보였다.

그러다 곧 무언가가 떠오르자 깜짝 놀라 버렸다.

'그, 그건 곤란하지 않습니까?'

[곤란하지.]

'제가 지금 호흡은 제대로 하고 있습니까?'

정신과 육체가 분리되었다면 호흡은 대체 어떻게 하고 있는 것일까?

초류향의 궁금증에 제갈량은 희미하게 웃었다.

[완벽하게 정신을 분리시켰으면 네 녀석은 이미 죽었겠지.]

그 말은 즉, 완전하게 분리시켜 놓지는 않았다는 뜻이다.

초류향이 그 점에 안도하고 있을 때 제갈량이 의미심장하게 말했다.

[하지만 그것도 얼마나 오래갈지는 알 수 없겠지. 빨리 본래대로 돌아가지 못한다면 호흡은 끊기게 될 게다. 그럼 끝이지.]

제갈량의 지나치게 무덤덤하게 말하자 초류향은 얼굴을 찡그렸다.

이리도 무책임하다니?

초류향이 섭섭하게 생각하거나 말거나 제갈량은 섭선으로 입을 가리며 나직하게 말했다.

[시간은 이제 대략 한 시진 정도가 남았다. 그 이상 육체가 의식이 없는 것에 익숙해지면 끝이다.]

'어떻게 끝이라는 말입니까?'

초류향이 불쑥 질문하자 제갈량은 곧장 대답하지 않았다.

한동안 침묵을 지키던 그는 초류향의 의식이 있음 직한 곳을 똑바로 응시하며 담담하게 말했다.

[육체라는 감옥에 갇히게 되겠지. 평생.]

'……'

사태는 초류향의 생각보다 훨씬 심각했다.

*   *   *

'미치겠군.'

선우조덕은 굵은 땀방울을 닦아 내며 연신 고개를 갸웃거렸다.

무공이나 다른 분야는 모르겠지만 적어도 의술이라는 분야에 있어서만큼은 선우조덕은 스스로가 가진 재능이 공손천기 못지않다고 생각해 왔다.

즉, 하늘 아래 그만큼 의술이 뛰어난 사람이 없다고 자부하고 있는 것이다.

그리고 실제로도 그랬다.

그런 명의가 지금 식은땀을 뻘뻘 흘리며 초류향을 치료하고 있었다.

'아무리 봐도 맥은 정상인데.'

초류향의 맥박은 약하긴 했지만 분명히 정상이었다.

호흡도 마찬가지로 약했지만 특별하게 문제가 될 만한 구석은 없다.

병으로 진단할 만한 요인이 전혀 없는 것이다.

'중독된 것도 아니고······.'

맨 처음 중독 증상을 강하게 의심하고 여러 가지를 검사해 보았지만 이상은 없었다.

거기에 과거 진맥을 해 본 적이 있는 소교주님이기 때문에 평소 건강 상태를 그 누구보다도 잘 알고 있지 않은가?

선우조덕은 지금 미칠 지경이었다.

진맥을 하면 할수록 점점 수명이 단축되는 기분을 느끼고 있었기 때문이다.

'아무런 이상이 없다니 이게 말이 되나?'

입 안에서 침이 바짝바짝 말라갔다.

동태눈깔을 가진 놈이 보기에도 소교주는 아파 보였다.

그것도 정말 심각하게 상태가 안 좋은 듯 보이지 않은가?

그런데도 치료는커녕 아픈 이유조차도 밝혀 내지 못하고 있으니 미칠 노릇인 것이다.

그때 문이 열리고 누군가가 바람처럼 들이닥쳤다.

"애가 아프다고?"

"교주님, 오셨습니까?"

공손천기는 약제당에 들어오자마자 아는 척하는 선우조덕을 가볍게 일별하고 초류향의 이곳저곳을 살펴보며 물었다.

"그래. 이 녀석이 깨어나려면 얼마나 걸릴 것 같아?"

"……잘 모르겠습니다."

"응? 잘 모르겠다니?"

"아픈 원인을 찾지 못했습니다."

선우조덕이 고통스러워하는 얼굴로 대답하자 공손천기의 눈빛이 신중하게 변했다.

"진맥을 했는데 원인을 찾지 못했다? 마의 선우조덕이?"

"……예."

"은퇴할 때가 됐군. 영감."

"……."

"비켜 봐."

선우조덕은 평소라면 다른 사람에게 절대로 환자를 양보하지 않았지만 이번만은 예외였다.

그가 순순히 자리를 비켜 주자 공손천기는 손을 뻗어 초류향의 맥을 움켜쥐었다.

그리고 곧장 얼굴을 찡그렸다.

"뭐야? 이거 대체 어디가 안 좋은 거야?"

호흡이 끊어질 듯 약했다.

심장 박동 역시 지금 당장 멈춰도 이상하지 않을 만큼 약하지 않은가?

그렇다면 분명히 어딘가 잘못된 구석이 발견되어야 하는데 그런 것이 없었다.

이건 마치…….

"동면을 하는 것 같은데?"

공손천기가 무의식적으로 말하자 선우조덕이 고개를 끄덕거렸다.

그 역시 같은 생각이었기 때문이다.

"하지만 교주님도 아시다시피 인간은 동면을 하지 않습니다."

"그렇지."

그렇다면 이건 뭐라는 말인가?

공손천기가 생각에 잠겨 있을 때.

선우조덕이 땅이 꺼져라 깊은 한숨을 내쉬며 말했다.

"진짜 은퇴해야 하나 봅니다. 아무래도 늙어서 손끝에 감이 떨어진 모양입니다."

그가 쭈글쭈글한 손바닥을 내려다보며 서글프게 말하자 공손천기가 피식 웃으며 대꾸했다.

"영감이 감 떨어졌으면 나도 감 떨어진 거겠네? 괜한 자책 하지 말고 저쪽으로 가 있어 봐."

"어쩌시려고 그러십니까?"

"어쩌면 이 녀석이 정말로 동면을 하고 있을지도 모른다는 생각이 들어서 말이야."

"예?"

그게 지금 말이 됩니까?

선우조덕은 그렇게 대꾸하고 싶은 것을 가까스로 억제했다.

이 상황에서도 농담을 하고 있는 것을 보면 역시 공손천기의 그릇이 남다르긴 한 모양이었다.

선우조덕이 그렇게 여러 가지 감정이 담긴 복잡한 시선을 공손천기에게 보내고 있을 때, 공손천기는 일단 자리에 편하게 앉아 손을 초류향의 이마에 올려놓았다.

"의술(醫術)이 소용이 없다면 그다음에 기댈 곳은 역시 주술(呪術)이겠지. 그리고 거긴 내 나름대로 자신 있는 분야라고. 일단 비켜 있어."

선우조덕은 아쉬운 얼굴로 무어라 이야기하고 싶어 했지만 결국 관두었다.

병의 원인조차도 파악하지 못한 스스로의 무력함에 입이 열 개여도 할 말이 없었던 것이다.

'그래도 인간이 동면을 하고 있을 리가 없잖은가?'

지금이라도 나서서 말려 볼까?

혼자서 그런 갈등을 하고 있는 선우조덕을 공손천기는 흐릿하게 웃으며 바라보다 차츰 초류향에게 의식을 집중했다.

그러다 고개를 갸웃거렸다.

'의식이 안으로 깊게 잠겨 있다.'

단순히 잠을 자고 있다면 이렇게까지 방어가 단단할 리 없었다.

마치 다른 누군가가 개입하는 것을 막고 있는 듯하지 않은가?

공손천기는 거기까지 생각하다가 피식 웃었다.

'제자야, 네 녀석 진짜 동면이라도 하고 싶은 거냐?'

여기에서 공손천기는 잠시 고민했다.

이대로 강제로 깨우는 것은 그에게 있어서 그다지 어렵지 않았다.

하지만 별로 내키지 않는 것도 사실이었다.

제자가 무슨 의도로 이런 상태가 되었는지 잘 모르기 때문이다.

잠시 생각하던 공손천기는 곁에서 뚫어져라 바라보는 선우조덕을 일별하곤 마음을 굳혔다.

'시기적으로 좋지 않구면.'

그러고 보니 곧 있으면 이 녀석의 소교주 즉위식이 있다.

그 준비가 지금도 한창인데, 정작 주인공이 이렇게 한가하게 여기에 누워 있을 시간 따위는 없는 것이다.

'미안하지만 일단 일어나 줘야겠다. 제자야.'

마음을 정한 공손천기는 곧장 스스로의 의식을 뽑아내서 억지로 초류향을 깨울 생각을 했다.

그렇게 마음먹자 차츰 공손천기의 눈동자에 희미한 붉은 기가 어리기 시작했다.

특유의 심안술(心眼術)을 발동한 것이다.

'그러고 보니 예전에도 이 비슷한 일이 있었군.'

과거에도 기절해 버린 이 녀석을 강제로 깨웠던 적이 있지 않은가?

아직 제자가 된다고 하기 전의 일이었기에 녀석이 꿈속에서 자신을 보며 당황하던 표정이 머릿속에 생생하게 떠올랐다.

'이번에도 놀래줘 볼까나……'

공손천기는 장난스럽게 웃으며 의식을 집중했다.

본래 타인의 꿈속으로 들어가는 것은 아무나 할 수 있는 것이 아니다.

하나 공손천기는 이쪽 방면으로도 재주가 아주 뛰어났다.

그래서 그는 안심하고 제자의 꿈속으로 뛰어들어 갔다.

하지만…….

'어?'

제일 처음 공손천기의 시야에 들어온 것은 깜깜한 어둠이었다.

공손천기는 얼굴을 찡그리며 손을 휘저었다.

제자의 꿈속에 이런 어두운 것이 있으니 마음에 들지 않았던 것이
다.

그의 손짓에 어둠이 걷히며 그곳의 정경이 드러났다.

이번에는 아무것도 없는 새하얀 백색의 공간.

그곳을 물끄러미 바라보던 공손천기의 눈썹이 일순간 꿈틀거렸다.

"어디서 개수작이냐? 나와라."

이 아무것도 없는 공간 속에 누군가 있었다.

공손천기는 그것을 뚜렷하게 느꼈다.

하나 상대방은 모습을 드러낼 마음이 없는 모양이었다.

새하얀 그림자 속에 숨어서 가만히 공손천기를 바라보고 있을 뿐이
었다.

"쯧, 악취미를 가진 놈이구만. 숨어 있으면 내가 못 찾을 것 같나?"

공손천기는 혀를 낮게 차며 양 손바닥을 붙였다가 어깨 너비로 벌렸
다.

그러자 그 벌려진 공간에서 피처럼 새빨간 날개를 지닌 작은 나비들
이 무수히 꺼내져 나왔다.

"놈을 찾아라."

공손천기가 말하자 나비들은 일제히 한 장소로 날갯짓을 하기 시작했다.

그리고 그 혈접(血蝶, 피로 만든 나비)이 대충 사람의 형상으로 짐작되는 공간을 완전히 둘러싸 버렸을 때.

[저번에도 느꼈던 것이지만 제법 재주가 있는 녀석이구나.]

파앙—

무언가가 부서지는 소리와 함께 혈접들이 산산이 흩어졌다.

그리고 나타난 것은 새하얀 섭선을 들고 있는 노인.

제갈량.

그가 숨어 있던 공간에서 결국 모습을 드러내었다.

*   *   *

공손천기는 턱을 쓰다듬으며 상대방을 훑어보았다.

새하얀 섭선을 들고 있는 노인.

오만하고 고고한 시선 속에서 그의 높은 자존심이 엿보였다.

그런데 의아한 것은 한 번도 본 적이 없는 생소한 얼굴이라는 점이다.

"몽혈접(夢血蝶)을 부술 줄 아는 것을 보면 얼치기로 배운 것은 아닌 모양인데 대체 정체가 뭐야, 영감?"

제갈량.

그는 섭선 끝을 매만지며 피식 웃었다.

어이없다는 웃음이다.

"우매한 놈. 고작 이런 알량한 재주를 부려 놓고 감히 누구를 평가하는 것인지 알고 있느냐?"

"호오? 제법 자신만만하시네. 아주 좋은 자세야."

공손천기는 즐거운 듯 입가에 미소를 그렸다.

누굴까?

대체 누구기에 이토록 엉뚱한 장소에 있는 것일까?

여러 가지 궁금증이 머릿속에서 맴돌았지만 묻지 않았다.

어디까지나 그것은 나중의 문제.

"정체가 뭐냐고 곱게 물어봐도 대답해 주지 않겠지?"

제갈량은 미소 지으며 고개를 끄덕였다.

"직접 알아가 보려무나."

공손천기는 웃었다.

원하던 대답이 상대에게서 나왔기 때문이다.

완벽하게 제압하고 난 다음에 궁금한 것을 물어보아도 늦지 않다.

"험한 꼴 보게 될 텐데 괜찮겠어?"

제갈량은 공손천기의 협박에도 여유로운 얼굴로 섭선을 부치며 대답했다.

"얼마든지 오너라."

공손천기는 배시시 웃었다.

바라던 바였다.

말투에서부터 상대방의 오만한 자신감이 그대로 전해지지 않는가?

천하에 누가 있어 감히 그 앞에서 저런 자신감을 보여 줄 수 있을

것인가?

오랜만에 느껴보는 제법 신선한 기분이 가슴속에서 꿈틀거렸다.

'재밌겠군.'

흥미가 동했다.

무공만큼은 아니었지만 술법은 공손천기가 정말로 자신 있어 하는 분야였다.

아니, 무공 다음으로 자신 있어 한다 해도 과언이 아니었다.

천마신교에는 좋은 술법서들이 많았다.

그것도 아주 많았다.

심심해서 그런 것들을 읽다 보니 종국에는 안 읽은 술법서가 없을 정도가 되었으니까.

그런 공손천기의 술법에는 마땅한 스승이 없었다.

딱히 이렇게 저렇게 하라고 그 누구도 가르쳐 주지 않았지만 스스로 쌓은 공부가 이미 일가를 이룰 정도가 되어 버린 것이다.

'일단은……'

무엇부터 보여 주어야 될까?

언뜻 보아도 상대가 쌓은 재주가 제법 심상치 않아 보였다.

어설픈 것을 꺼내 보였다가는 되레 망신만 당할 터.

아주 강력하면서 한 방에 상대를 제압할 수 있는 것이 필요했다.

공손천기는 속으로 흥얼거리며 고민하다가 불현듯 무얼 보았는지 얼굴을 와락 찡그리며 제갈량을 뚫어져라 응시했다.

그리고 낮은 신음을 흘렸다.

"영감탱이, 설마……"

"뭔가 보았느냐?"

제갈량의 오만한 눈에 의혹이 떠올랐다.

무엇을 본 것일까?

볼 수 있는 게 없을 텐데?

공손천기는 얼굴을 일그러뜨린 채로 그저 한동안 말없이 눈앞의 노인을 응시했다.

그러다 뒷머리를 벅벅 긁으며 미소 지었다.

"재미있겠군. 설마 동류(同流)를 만나게 될 줄이야."

동류.

제갈량은 공손천기의 중얼거림에 맥 빠진 웃음을 입가에 그리며 고개를 저었다.

"착각하지 마라. 넌 아류(亞流)일 뿐이다. 겉포장은 훌륭했다만 불행히도 거기까지다."

탁—

섭선으로 손바닥을 가볍게 치며 제갈량이 말했다.

"안 올 생각이냐? 그러면 이쪽이 먼저 가마."

"쯧, 영감. 내 앞에서 이래라저래라 하지 마. 그건 우리 사부도 못한 거야."

공손천기가 히죽 웃으며 아무런 예고 없이 오른팔을 앞으로 쭈욱 뻗었다.

손바닥을 펴서 마치 무언가를 움켜쥐려는 듯한 동작.

아주 단순하고 가벼운 동작이었지만 그곳에는 숨길 수 없는 거대한 기운이 담겨 있었다.

파츠츠츠—

공기가 파르르 떨리더니 앞으로 뻗은 공손천기의 오른손 부분만 돌연 허공에서 사라졌다.

오른손이 갑자기 안개에 빠진 것처럼 흐릿해진 것이다.

그것을 지켜보던 제갈량의 눈가에 웃음기가 감돌았다.

'잔재주…….'

그 순간 제갈량의 바로 앞에 지옥의 입구처럼 시커먼 공간이 쩌억 입을 벌렸다.

"우선 가볍게 견적부터 내 볼까?"

공손천기의 말이 끝남과 동시에 그 구멍에서 거대한 푸른 손이 쑤욱 등장했다.

시체처럼 푸르뎅뎅한 거대한 손.

그것은 실로 거대해서 제갈량을 한 손에 움켜쥐고 터트릴 수 있을 정도였다.

하지만…….

제갈량이 섭선을 들어 가볍게 바람을 부치자 거대한 손은 산산이 터져 나갔다.

끄어어엉—!

괴수의 신음 소리가 시커먼 구멍에서 들려오고 만신창이가 된 팔이 허공에서 갑자기 사라졌다.

"제법인데?"

공손천기는 아쉬워하는 얼굴을 해 보였다.

어떻게든 대응할 것이라 여기긴 했지만 이건 생각보다 너무 쉽게 흩어 버리지 않는가?

이래서야 상대방의 내력을 제대로 알아낼 수가 없다.

그때 제갈량이 섭선을 만지며 말했다.

"이런 잔재주 말고 진짜배기를 보여 보아라."

"진짜배기?"

"안 그러면 이번에는 크게 다칠 게다."

갑자기 제갈량의 몸에서 숨길 수 없는 위엄이 뿜어져 나왔다.

하나 공손천기는 조금도 기죽지 않고, 오히려 비릿하게 웃어 보였다.

"충고는 고마운데 과연 그쪽에서 감당이 될까?"

"그건 내가 할 말이다."

"좋아."

공손천기는 흔쾌히 고개를 끄덕였다.

어차피 이제는 진짜가 아니면 안 된다는 사실을 그도 깨닫고 있었던 것이다.

"영광으로 생각해."

두 손을 들어 올린 공손천기는 스스로의 눈을 가볍게 문질렀다.

그러자 일순 세상이 밝아져 보였다.

"마륜안(魔輪眼)이라……."

제갈량이 작게 중얼거릴 때.

공손천기의 머리 위로 일순 붉은색 거대한 눈이 떠올랐다가 사라졌다.

"제법……."

제갈량은 더 이상 뒷말을 잇지 못하고 신기하다는 얼굴로 바닥을 바라보았다.

무언가 거대한 것이 발아래에 있는 게 느껴졌기 때문이다.

"늦었어."

드드득—!

갑자기 바닥이 세로로 쭈욱 갈라지며 갈라진 곳에서부터 날카로운 이빨들이 생겨났다.

그리고 그것은 어떤 예고도 없이 갑작스럽게 양쪽으로 넓게 벌어졌다.

"끝이다."

공손천기의 눈가에 득의의 빛이 떠올랐다.

바닥에 생긴 거대한 입이 벌어지더니 곧장 제갈량을 집어삼켰다.

빠드득— 우드득—

뼛조각이 어긋나고 부서지는 섬뜩한 소리가 심연의 어둠 속 저 너머에서 들렸다.

하지만 바닥을 물끄러미 지켜보고 있던 공손천기의 얼굴은 오히려 점점 일그러졌다.

그러다 결국 입맛을 다셨다.

"젠장, 당했군."

공손천기는 고개를 옆으로 돌렸다.

그러자 옆의 공간이 일렁거리며 사라졌던 제갈량이 다시 나타났다.

"역시 봉추(鳳雛)의 술법을 익히고 있었군. 근데 오히려 봉추보다 두 배는 낫다."

제갈량의 진심 어린 칭찬에 공손천기는 불만스러운 얼굴로 목을 긁적거렸다.

그리고 심드렁한 얼굴로 대답했다.

"칭찬해 봐야 소용없어. 이곳에서는 어차피 영감을 못 이긴다는 사실을 이제 확실히 알아 버렸으니까."

맨 처음 공손천기는 이곳이 초류향의 꿈속이라고 생각하고 있었다.

하나 아니었다.

이곳은 눈앞에 있는 저 노인.

즉, 제갈량이 만들어 놓은 꿈속이었던 것이다.

그랬기 때문에 주도권은 애초에 저쪽에서 쥐고 있었다.

같은 힘이라면 도저히 이길 수가 없는 것이다.

"뭐하는 영감이지? 그리고 내 제자는 대체 어떻게 할 속셈이야? 대답에 따라서 대응 방식을 결정하겠다."

공손천기는 그렇게 일방적으로 통보한 후 마륜안을 완전히 풀어 버렸다.

그리고 될 대로 되라는 식으로 바닥에 털썩 앉아 버렸다.

그 모습에 제갈량은 입술 끝을 말아 올렸다.

"무모한 녀석이군."

공손천기가 파악한 대로, 이 공간에서는 아무리 애를 써도 제갈량을 이기는 게 불가능했다.

실제로 바깥에서 만났다면 결과가 어떻게 되었을지 모르지만 적어도 이곳에서만큼은 상대가 되지 않는 것이다.

잠시 동안 제갈량은 공손천기를 바라보았다.

공손천기 역시 아무 말도 하지 않고 제갈량을 응시했다.

과거와 현재의 전설적인 괴물.

두 명의 시선이 복잡하게 엉키며 서로의 속내를 빠르게 읽어 내기 시작했다.

그러다 잠시 후 공손천기가 씨익 웃으며 불쑥 입을 열었다.

"그쪽 제법 굉장한 영감탱이었군. 비밀도 많고. 점점 더 정체가 궁금해지는데?"

제갈량은 피식 웃었다.

"세상에는 굳이 알아서 좋을 게 없는 비밀도 있는 법인 게다."

공손천기는 제갈량의 대답에 의외로 선선히 고개를 끄덕였다.

"좋아. 그 부분에 대해서는 호기심이 생기지만 참아 보도록 하지. 이 정도면 많이 양보한 거야. 그러니 내가 알고 싶은 것에는 꼭 대답해 줘야겠어."

공손천기가 알고 싶은 것.

그것은 말해 줘도 그다지 상관없는 부분이었다.

그랬기에 제갈량은 순순히 말해 주었다.

"네 제자는 지금 단계를 넘어서려고 하고 있다."

"단계를 넘어선다?"

"그래. 강제로 껍질을 깨고 있는 중이라 조금 위험하지만 그 꼬마라면 충분히 넘어갈 수 있겠지."

제갈량은 섭선을 만지작거리며 입을 열었다.

"내가 조금 서둘렀다는 건 인정한다. 네가 계획하고 있던 다른 것도 있었겠지. 하지만 지금 시점에서 반드시 필요한 일이었다."

공손천기는 잠시 생각을 하다가 고개를 끄덕였다.

이제야 상황이 어떻게 돌아가는 것인지 알았기 때문이다.

게다가 저 수상한 노인네가 초류향에 대한 악의(惡意)가 없음을 확실하게 알았다.

일단은 그것으로 안심이 되었다.

"그쪽, 육체가 없군그래."

제갈량은 미소 지었다.

역시 이 녀석은 만만하게 볼 놈이 아니었다.

단번에 그것을 간파할 줄이야.

"정확하게 봤다."

"념(念)으로만 존재하는 괴물이 있을 줄이야……. 오늘 크게 안목을 넓혔군."

공손천기는 진심으로 감탄했다.

대체 생전에 어느 정도의 경지에 이르러야 저런 것이 가능할까?

"너무 많이 아는 것도 좋지 않으니 이만 나가 보거라."

"잠깐만……. 영감 혹시 내가 알고 있는 과거의 사람인가?"

공손천기의 질문에 제갈량은 알 듯 모를 듯한 미소를 입가에 그리며 섭선을 흔들었다.

"여기까지다. 공손천기."

퍼엉—

공손천기는 섭선에 실린 기운을 맞고 날아가며 얼굴을 찡그렸다.

아직 확인해 볼 것이 남았는데 강제로 쫓겨나 버린 것이다.

＊　　＊　　＊

"허억!"

"깨어나셨습니까, 교주님?"

"……그래."

공손천기는 선우조덕이 가져다주는 꿀물을 사발째 벌컥벌컥 마신 다음 낮게 이를 갈았다.

"젠장, 설마 그런 영감이 있을 줄이야……."

져버렸다.

비록 상대방의 영역 안이었다지만 찝찝한 기분이 가득했다.

공손천기는 무언가를 생각하다가 불쑥 오른 손바닥을 펴 보았다.

그러자.

투투툭—!

오른 손바닥의 피부에 갑자기 미세한 균열들이 생기며 피가 흘러나오기 시작했다.

그 모습에 선우조덕이 눈을 동그랗게 뜨고 서둘러 금창약을 바르며 지혈을 했다.

"이게 대체 무슨 장난이십니까, 교주님?"

"나도 차라리 장난이었으면 좋겠다. 빌어먹을 부채 영감탱이."

"부채 영감이 누굽니까?"

"있어. 건방진 영감탱이가."

정말로 그것은 꿈이 아니었다.

최초의 일격을 날렸을 때.

부채를 든 영감의 일격에 오른손이 완전히 아작 난 것이다.

정신체에 입었던 상처는 그 크기에 따라 어느 정도 육체에도 표시가 나기 마련이다.

마륜안이라는 정신체를 극도로 사용할 수 있는 술법을 사용했음에도 불구하고 육신에 이 정도의 상처를 남긴 힘이라면 정말 어마어마한 술법이었다.

공손천기는 아직도 핏물이 뚝뚝 떨어지는 오른손을 바라보다가 다시 초류향을 응시했다.

"이봐, 약쟁이 영감."

"하명하십시오, 교주님."

"당분간 저 녀석 저렇게 그냥 두도록 해. 괜히 건드리면 긁어 부스럼 내는 꼴이니까."

"……무슨 일이 있으셨던 겁니까?"

선우조덕이 조심스럽게 물어보았지만 공손천기는 입을 다물어버렸다.

굳이 이야기해 줄 필요가 없는 부분이었기 때문이다.

그저 초류향을 보며 작게 중얼거렸다.

"이왕이면 밖에서 한판 붙어 보자, 부채 영감."

여러모로 손해 본 듯한 기분이 드는 공손천기였다.

*   *   *

제갈량은 스스로가 만든 공간에 서서 바깥에 있는 공손천기를 바라보았다.

그리고 그의 투덜거림을 들으며 흐릿하게 웃었다.

"오래 살아서 좋은 것도 있군."

섭선 끝을 만지며 제갈량은 기분 좋게 웃었다.

기뻤다.

단순히 저런 뛰어난 재능을 지닌 자를 보는 것만으로도 가슴이 벅차올랐다.

대단한 녀석이었다.

과거 수많은 영웅들이 불꽃처럼 사그라졌던 그의 시대에도 저만한 재능은 정말이지 보기 힘들었으니까.

'재미있었다.'

오랜만에 즐거웠다.

천 년이 넘는 시간을 건너 가볍게 생각했던 유희였다.

그런 것이 이런 즐거움들을 주게 될 줄은 과거의 제갈량조차도 예상하지 못했던 일이다.

초류향이라는 꼬마를 지켜보는 것도 한없이 즐거웠지만 저 하늘 높은 줄 모르고 오만한 공손천기라는 아이도 제법 재미있지 않은가?

제갈량이 그렇게 웃을 때 갑자기 무언가 깨어지는 느낌이 들었다.

그 특이한 느낌에 고개를 돌리던 제갈량은 섭선을 만지고 있던 손을 멈칫했다.

"……설마?"

바닥의 한구석이 완전히 찢어져 있었다.

그 흔적을 가만히 살펴보던 제갈량은 잠시 어이없다는 얼굴을 해 보였다.

그가 이런 표정을 짓는 것은 정말로 아주 드문 일로, 그로서는 최대한의 감정 표현을 하는 셈이었다.

"……이 시대도 제법 재미있어지겠군."

공손천기가 마지막에 그를 삼켰던 그 공격.

그것은 제갈량이 만들었던 꿈속 공간 자체를 집어삼켰던 것이다.

"허세만 있던 게 아니었군. 그 녀석."

제갈량은 입술 끝을 슬며시 말아 올렸다.

공손천기, 그 녀석이 만약 작정을 하고 덤벼들었다면 이 공간의 주인이었던 제갈량조차도 상당한 피해를 각오했어야 했을 것이다.

녀석을 높게 평가하고 있다고 생각했는데 아니었다.

얕봐도 한참 얕보고 있었던 모양이다.

제갈량은 그렇게 찢긴 바닥을 보며 자신도 모르게 너털 웃고 말았다.

*   *   *

과거 공손천기가 소교주로 선택되었을 무렵.

그에게는 위로 두 명의 사형이 있었다.

둘 모두 당시의 교주였던 지옥마제가 직접 선택했던 만큼 엄청난 재능이 있었던 사람이었지만 공손천기와 같은 세대에 태어난 것이 그들에게는 불운이었다.

한 명은 스스로의 능력이 공손천기에게 미치지 못함을 절감하고 소교주가 결정되는 그날 조용하게 천마신교를 떠났고, 다른 한 명은 교리에 순응하며 조용하게 은거한 채 지내고 있었다.

본래 천마신교에는 피의 율법(律法)이라는 것이 존재했다.

그 때문에 교주가 되지 못한 전대 교주의 제자가 천마신교 내부에 있는 건 불가능한 일이었다.

절대적인 존재인 교주의 위신이 흔들린다는 이유에서다.

당대의 소교주가 교주로 즉위하게 되면 정해진 피의 율법에 따라 그들을 외부로 축출하든가 제거하는 것이 마땅했다.

하지만 천마신교의 절대 권력을 움켜쥔 공손천기가 특별하게 '사형'이라는 존재를 허락해 주었기에 그는 천마신교에서 지낼 수 있었다.

공손천기가 기련산에서 초류향을 제자로 받아들였을 무렵.

그 소문이 천 리나 떨어져 있는 천마신교 전체에 퍼졌을 때의 일이었다.

"사부, 밖에서 이상한 소리를 들었어요."

"무슨 소리?"

"소교주가 이미 결정되었다고 하던데요?"

"그러더구나. 나도 들었다."

"우린 어떻게 되는 거죠, 그럼?"

"어떻게 되긴? 망한 거지."

"……이, 이럴 순 없어요. 분명히 절 교주로 만들어 주신다고 하셨잖아요!"

"보다시피 어렵게 되었구나. 네가 이해해라."

"사부!"

"미안하다. 이 사부가 능력 부족이다. 너도 이제 네 갈 길을 찾아가려무나."

"미리부터 포기하지 말고 어떻게 좀 해 보세요!"

노진녕(努珍寗)은 스스로의 머리카락을 쥐어뜯으며 울부짖었다.

그런 노진녕을 덤덤한 눈으로 바라보는 노인.

그가 바로 교주 공손천기의 사형이자 지금은 일선에서 은퇴해서 안락한 노후를 보내고 있는 혈수광마(血手狂魔) 권광민(勸狂憫)이었다.

그는 계곡물에 담가 놓았던 낚싯대를 거두며 고개를 저었다.

"공손천기, 그 녀석이 고른 아이다. 애초에 이길 수 있을 리가 없지. 포기하자."

지나치게 깔끔하고 담백한 말투.

하지만 그 내용을 노진녕은 결코 받아들일 수 없었다.

그에게는 인생이 걸린 일이기 때문이다.

"……분명히 저보고 천고에 다시없을 기재라고, 함께 천하제일인이 되어 보자고 하셨잖아요!"

제자가 언성을 높이며 화를 내자 권광민은 눈을 동그랗게 떴다.

"내가?"

"사부!"

노진녕은 애걸복걸하며 그의 스승에게 매달렸다.

이건 거의 바짓가랑이를 잡고 매달리는 수준이었기에 권광민은 잠

시 난감한 얼굴을 해 보였다.

노진녕.

말년에 노후가 적적하여 거둔 아이였다.

적어도 무공에 관한 한, 지닌바 재능이 거짓말을 조금 보태서 천하에 다시없을 기재였다.

그것은 확실했다.

'하지만⋯⋯.'

권광민은 뒷머리를 긁적였다.

그의 제자에게는 치명적인 하자가 있었다.

'좋게 말한다면 성정이 우직하고 순수하다는 거지만⋯⋯.'

노진녕은 천성적으로 남을 쉽게 믿고 의심할 줄을 몰랐다.

그리고 한번 하라고 시키면 설령 그것이 어리석은 짓이라 하더라도 끝까지 밀고 나간다.

무공을 가르쳐 주었는데도 평소에 하도 귀찮게 굴길래 산에 있는 솔방울의 숫자를 세 오라고 했더니 그것만 반년 동안 죽어라 세고 있었다.

그 정도로 그의 제자는 '순박' 한 것이다.

하지만 권광민은 그의 제자를 조금 다른 시선으로 보았다.

'이 녀석은 바보다!'

그랬다.

이 녀석은 바보였다.

적어도 권광민의 기준에서는 그랬다.

세상에서는 순수와 바보를 같은 의미로 사용하고 있었으니까.

권광민은 잠시 슬픈 얼굴이 되어 그의 제자를 물끄러미 바라보았다.

'무공은 벌써 절정 고수라…….'

그리고 보니 노진녕은 벌써 스물여덟 살이나 되었다.

하지만 세상의 근심 걱정을 전혀 몰라서일까?

고작해야 십 대 후반 정도로밖에 보이지 않았다.

바깥으로 나가면 한창 즐기면서 살 나이에 죽어라 무공만 익혀 온 것이다.

'불쌍한 녀석.'

그의 제자는 정말 연민이 생길 정도로 순박한 녀석인 것이다.

권광민은 고민했다.

솔직하게 말하자면 노진녕은 무공에 관한 재능만 놓고 보았을 때 천하를 통틀어 다섯 손가락은 무리더라도 열 손가락 안에는 들어갈 만큼 엄청나게 훌륭한 재능을 지니고 있었다.

'하지만 교주는 무공만 강하다고 해서 될 순 없지.'

물론 강력한 무공이 교주가 되기 위해 필요한 요소인 것은 분명했지만 단순히 그것만 있어서는 절대로 교주 자리에 올라설 수 없었다.

비단 교주라는 직위에만 국한된 것이 아니라, 어떠한 무리를 이끄는 수장이 되기 위해서는 상황 판단 능력을 비롯하여 어떠한 결정을 내릴 때 꼭 필요한 과감성과 결단력, 추진력, 그리고 많은 사람들을 이끌고 나갈 수 있는 포용력이 반드시 필요하다.

노진녕은 확실히 장점이 대단한 아이였지만 그 장점을 상쇄하고도 남을 만큼의 단점도 있는 아이였다.

'장난이 조금 지나쳤나…….'

사실 말년의 권광민은 심심했다.

교주의 사형이라는 자리는 평생 동안 놀고먹을 수 있는 위치이긴 했다.

하지만 딱히 엄청난 권력을 휘두를 수는 없었고, 되도록 조용하게 죽어지내야만 하는 직위였던 것이다.

그래서 무료함을 참지 못하고 제자를 물색하다가 받아들인 것이 노진녕이었다.

'업보로구나.'

돌이켜 생각해 보니 모두가 그의 업보였다.

그의 무료함이 낳은 최대의 피해자가 바로 그의 제자인 것이다.

권광민은 하늘의 행사가 빈틈이 없음을 느끼고 속으로 작게 감탄했다.

'과연 대단하십니다.'

하늘을 잠시 바라보며 감탄하던 권광민은 고개를 끄덕였다.

자기가 뿌린 씨앗은 스스로가 거두어야 하는 법이다.

권광민은 그렇게 마음먹고 일단 들고 있던 낚싯대를 내려놓으려고 엉거주춤 자세를 잡다가 불현듯 무슨 생각이 들었는지 울면서 엉겨 붙는 노진녕을 가볍게 밀어내었다.

"진정해라. 방법이 전혀 없는 것이 아니니까."

질질 짜고 있던 노진녕의 눈가가 희번덕거렸다.

그 섬뜩한 기세에 권광민은 움찔했지만 겉으로 티를 내지 않으며 입을 열었다.

"네 재능이 소교주보다 더 뛰어남을 보이면 된다."

"어떻게 보이면 될까요?"

한 점 의심도 없이 그를 응시하는 노진녕의 얼굴을 보자 권광민은 마음속에서 알 수 없는 가책이 느껴졌지만 이왕지사 내친걸음이다.

"네가 화경의 경지에 들어설 수 있다면 되는 것이다. 그리하면 교주의 자리도 결코 꿈이 아니지."

"……화경의 고수가 되면 되는 건가요?"

"그래. 그럼 희망이 있다."

이건 제아무리 저 녀석이 무공의 천재라고 해도 불가능할 것이다.

이 녀석이 아무리 바보라도 이쯤 되면 포기하겠지 싶어서 막 던져본 말이었다.

'날 용서해라.'

권광민은 하늘을 바라보며 다시금 잘못을 빌었다.

하지만 언제나 그렇듯, 하늘의 뜻은 한낱 사람이 예측할 수가 없는 법이다.

이 바보 같은 녀석이 정말로 마의 벽.

초인의 경지라는 화경의 경지를 몇 주 사이에 돌파하게 될 줄은 꿈에도 생각하지 못했던 것이다.

권광민으로서는 이제 오히려 자신보다 무공의 경지가 훨씬 높아져 버린 제자를 보며 웃어야 할지 울어야 할지 모르는 난감한 상황에 빠져 버렸다.

"사부, 그럼 이제 교주가 될 수 있는 거겠죠?"

"……."

당장에라도 교주가 될 듯 흥분한 제자를 보니 도저히 진실을 말해 줄 엄두가 나지 않았다.

'하느님, 그래도 이번 건 좀 너무하지 않소?'

이제야 비로소 진심으로 자신의 죄를 뉘우치는 권광민이었다.

*   *   *

노진녕은 어릴 적부터 단순한 게 좋았다.

복잡하고 어려운 것은 천성적으로 별로 좋아하지 않았던 것이다.

동네 꼬마아이들과 함께 어울려 골목대장 노릇을 할 때에도 또래에 비해 왜소하고 작았던 노진녕은 아무리 덩치가 큰 아이와 싸움이 붙어도 단 한 번도 져 본 적이 없었다.

노진녕이 보기에 그들은 쓸데없이 복잡하게 움직이고 있었다.

그냥 주먹질과 발길질을 하더라도 노진녕의 눈으로 보기에 아이들은 너무도 어렵게 움직였던 것이다.

그랬기에 그들은 노진녕을 이기지 못했다.

'최대한 단순하게.'

쉽고 단순하게.

단순명쾌(單純明快).

이것이 바로 어린 노진녕에게 있어 가장 큰 인생의 화두였다.

그렇게 노진녕이 산골 마을 구석에서 어린 시절을 보내던 와중에 마을에 큰 화적떼가 들이닥쳤다.

"계집들을 빼고 몽땅 죽여라!"

"예, 두목!"

대개의 도적들이 그러하듯 그들의 목적은 훔치는 것이었다.

사람들의 목숨을 훔치고, 닥치는 대로 돈이 되는 물건들을 훔치고 빼앗았다.

또 그들은 마을에 있던 젊은 처자들도 산 채로 업어 갔다.

이 산골 마을은 그들에게 저항할 힘도 없는 아주 맛 좋은 사냥터였다.

'죽는 건가.'

노진녕은 불타오르는 집을 바라보며 헛간 구석에 웅크리고 숨어 있었다.

가족들이 눈앞에서 죽어 갔지만 어떻게 해 볼 도리가 없었다.

어머니와 아버지의 갈라진 몸뚱이에서 아직도 더운 피가 흘러나오고 있었다.

어린 노진녕은 슬펐다.

너무도 슬프고 화가 나서 당장에라도 밖으로 뛰쳐나가 마적들에게 돌멩이라도 던지고 싶었다.

하지만 노진녕은 그렇게 하지 않았다.

단순하게 생각하기로 한 것이다.

지금 뛰쳐나가면 반드시 죽는다.

그리고 지금 저놈들에게 죽는 것은 그야말로 바보 같은 짓이었다.

그렇게 단순하게 생각하자 묘하게도 슬픈 감정이 조금 덜해졌다.

그렇게 마음을 달래고 있을 때.

마적들이 마을 곳곳에 불을 지르기 시작했다.

그 때문에 헛간도 그리 오래 있을 곳이 못 되었다.

마적들이 헛간에도 불을 질렀기 때문이다.

매캐한 연기 때문에 숨쉬기가 점점 힘들어졌다.

허파가 따끔해지면서 호흡이 곤란해졌다.

하지만 지금 바깥으로 나가면 죽는다.

기침이 튀어나가려는 것도 필사적으로 억제하며 노진녕은 생각했다.

'어떻게 해야 하지?'

노진녕은 최대한 지금의 상황을 단순하게 생각하기 위해 애썼다.

그의 인생 화두가 단순명쾌가 아니던가?

'안에 있어도 죽고 밖에 있어도 죽는다.'

그럼 어떤 것이 덜 아플까?

'불에 타 죽는 것보다는 칼에 찔려 죽는 게 나으려나.'

그렇게 생각하니 그게 또 맞는 것 같았다.

때문에 노진녕은 밖으로 엉금엉금 기어 나왔다.

다행히 주변에 마적들은 없었다.

불을 지르고 다른 곳을 수색하러 간 모양이다.

노진녕은 안도하며 주변을 둘러보았다.

밖은 정말 처참했다.

가족들은 모두 죽어 있었고, 옆집, 뒷집의 이웃들도 역시 몽땅 시체가 되어 불바다로 변해 버린 집들과 그 운명을 같이하고 있었다.

어린 노진녕은 이 암담한 상황에서 필사적으로 생각했다.

최대한 단순하게.

지금 이 상황에서 할 수 있는 일을 최대한도로 줄여 본 것이다.

일단 생존이 우선이었다.

그러기 위해서는 아직도 돌아다니고 있는 화적떼의 눈을 피해야 했다.

'어떻게 하지?'

하나씩 단순하게 해야 될 일들을 정하고 있을 때.

하늘은 그에게 은인을 보내주었다.

"밥 좀 얻어먹으러 왔는데 이게 웬 난리지."

백발이 성성한 노인이 뒷머리를 긁적이며 불타오르는 마을을 바라보고 있었다.

마을 입구부터 시체들이 널려 있는 것을 보고 노인은 한숨을 내쉬며 걸었다.

"전생에 지은 죄가 이리도 많은가?"

그는 한숨 섞인 푸념을 내뱉으며 지극히 자연스럽게 마적 떼가 노획한 물건들을 분류하고 있는 장소에 다가갔다.

"뭐냐, 저 영감은?"

마적 두목.

큰 뻐드렁니가 인상적인 그는 다가오는 노인을 보며 인상을 찌푸렸다.

"내가 쓸모없는 것들은 다 죽이라고 했잖아? 저런 영감탱이가 왜 아직도 살아 돌아다니는 거야? 다들 죽고 싶어?"

노인.

혈수광마 권광민은 너털웃음을 지었다.

두목의 말에 수하들이 흉흉한 기세로 그를 포위하는 게 보였기 때문이다.

"하늘이 또 나를 시험하는구만."

가급적 살인은 피하려 했지만 하늘은 그런 그의 결심을 이렇게 자주 흔들며 유혹했다.

그리고 권광민은 유혹에 약한 편이었다.

사방에 가득한 마적들 중 하나가 칼을 휘둘러 권광민의 목을 쳐 왔다.

"빨리 교로 복귀해야겠어."

혼자 중얼거리던 권광민은 덮쳐 오던 칼을 손가락으로 쳐 내어 튕겨 낸 다음 슬픈 얼굴로 입을 열었다.

"부디 다음 생에는 착한 아이로 태어나거라."

"쳐, 쳐 죽여!"

마적두목의 명령과 함께 사방에 피보라가 일었다.

압도적인 무력 차이에 백여 명에 이르던 마적들이 한순간에 전멸당한 것이다.

"에구구, 허리야."

하루하루 몸이 예전 같지 않았다.

권광민은 허리를 가볍게 두들기며 옆에 있는 집으로 다가가 대문을 벌컥 열었다.

그곳에는 멍청한 얼굴로 굳어 있는 꼬마 노진녕이 있었다.

"밥을 좀 얻어먹을 수 있을까?"

노진녕은 멍한 얼굴로 장차 그의 스승이 될 사람을 바라보았다.

'단순하다.'

방금 전 권광민의 움직임은 전혀 복잡하지 않았다.

매우 단순하고 쉬웠던 것이다.

저건 마치 꿈에서나 그릴 듯한 이상적인 움직임이 아닌가?

군더더기가 없는 깔끔함.

"할아버지는 누구세요?"

"나? 권광민인데?"

둘의 만남은 그때부터가 시작이었다.

*   *   *

노진녕은 사실 사부에게도 말하지 않았지만 화경의 경지를 바로 코앞에 두고 있었다.

그것은 막연하게 손을 뻗으면 닿을 듯이 아른거리며 그를 약 올리듯 눈앞을 왔다 갔다 했다.

노력을 하면 왠지 모르게 그 실체를 잡을 수 있을 것도 같았다.

남들이라면 잠도 자지 않고 노력했겠지만 노진녕은 굳이 그렇게까지 하지 않았다.

그 이유도 매우 단순했다.

'어차피 언젠가는 도달할 곳이다.'

화경의 경지는 노진녕에게 있어서 언젠가는 반드시 닿을 수 있는 그런 경지였다.

남들이 들으면 기겁할 말이었지만 적어도 노진녕에게 있어서 화경은 그저 그러했다.

화경의 저 너머, 신입의 경지는 평생을 바쳐도 불가능할 것 같았지만 화경은 가능해보였던 것이다.

그랬기에 굳이 무리해서 노력하려고 하지 않은 것이다.

'언젠가 되겠지.'

그게 노진녕의 생각이었다.

그렇게 느긋했던 그가 갑자기 무리를 할 수밖에 없는 일이 생겨버렸다.

'소교주가 결정되었다.'

청천벽력과도 같은 소식이었다.

평생 교주가 되는 꿈만 꾸고 살아왔는데 이게 무슨 날벼락이란 말인가?

단숨에 사부님이 있는 곳으로 찾아가 따졌다.

하지만 늘 그렇듯, 사부의 반응은 지나치게 무미건조했다.

그러려니 하며 세상 모든 일에 순응하며 사는 사람이었기 때문이다.

'이건 아니다.'

아무리 하늘같이 모셔온 사부님이셨지만 이건 아니다 싶었다.

그때 고민하고 있던 사부가 해답을 찾아주었다.

"화경의 경지에 이르면 교주가 될 수 있다."

그랬다.

역시 사부는 대단한 사람이었다.

늘 모든 것에 무심하신 듯했지만 실은 진지하게 생각하고 계시는 분이셨던 것이다.

'화경이 되면 돼.'

노진녕은 쉽게 생각하기로 했다.

화경의 경지를 돌파하게 되면 교주가 될 수 있다.

이 얼마나 단순명쾌한 사실인가?

그래서 노력했다.

눈앞에 아른거리던 그것을 억지로 움켜쥔 것이다.

그렇게 단순명쾌한 이유로 세상에 또 다른 화경의 고수가 등장했다.

第八章

공손천기의 궁금증

　초류향은 의식적으로 몸을 움직이려고 노력하다가 이내 포기해 버렸다.

　아무리 평소에 하는 것처럼 팔다리를 들어 보려고 해도 마음먹은 대로 되지 않았기 때문이다.

　아예 팔다리 자체가 없는 것 같았다.

　'다른 방법이 필요해.'

　지금까지 한 것과는 전혀 다른 방식의 접근이 필요했다.

　막무가내로 몸을 움직이려고 해 봐야 소용이 없다는 것을 비로소 깨달았기 때문이다.

　초류향은 한참을 궁리해 보았다.

　일반적이지 않은 방법이 필요한 것 같았다.

'그런 방법이 정말로 있긴 한 건가?'

아무것도 보이지도 않고 느껴지지도 않았다.

몸뚱이가 없이 정신만 둥실둥실 떠 있는 상황인 것이다.

지금과 같은 상황에서 초류향이 할 수 있는 것은 단지 하나, '생각'하는 것뿐이었다.

'생각……?'

초류향은 그 단어를 떠올리는 순간.

말로는 설명하기 어려운 짜릿한 전율이 온몸을 관통하는 것을 느꼈다.

해답이 가까이 다가온 것이다.

'이거다!'

초류향은 지금 생각밖에 할 게 없었지만 사실 그거면 충분했다.

정답은 그렇게 어렵지 않은 곳에 있었다.

'무엇을 생각해야 할까?'

일단 머릿속으로 월인도법의 구결들을 떠올려 보았다.

고작 서른 자밖에 안 되는 짧은 글귀였기에 떠올리자마자 빠르게 머릿속을 스쳐 지나갔다.

초류향은 그래도 필사적으로 그 글귀들에 매달렸다.

분명 그 안에 이 상황을 벗어날 만한 해결책이 있다고 믿은 것이다.

수십 번을 반복해서 구결들을 머릿속에 떠올려 보았지만 딱히 이렇다 할 변화는 느껴지지 않았다.

그러자 초류향은 다시금 슬슬 초조해지기 시작했다.

'이제 시간이 없을 텐데…….'

제갈량은 분명 의식이 없는 상태로 오래 있으면 위험하다고 했었다.

'육체의 감옥이라고 했던가……'

단순하지만 무시무시한 설명이었다.

스스로가 본인의 몸뚱이에 갇혀 있다는 것은 과연 어떤 기분일까?

상상만으로도 끔찍했다.

초류향은 다시금 각오를 다졌다.

최악의 상황만은 어떻게든 피해야 했기 때문이다.

'그런데 내가 지금 호흡을 제대로 하고는 있는 걸까?'

아무래도 이게 제일 걱정이 되었다.

의식이 없는 상황에서 폐(肺, 허파)가 과연 제 기능을 다하고 있긴
한 걸까?

과연 얼마나 호흡이 약해져 있을까?

초류향이 그런 우려들을 하고 있을 때.

드디어 변화가 찾아왔다.

'어?'

방금 떠올렸던 폐의 움직임이 초류향의 의식 속으로 갑작스럽게 들
어왔던 것이다.

작게 수축했다가 팽창하는 것을 반복하며 폐가 약하지만 끊임없이
호흡을 하고 있었다.

그것이 지금 돌연 눈에 보이기 시작했다.

초류향은 이 갑작스러운 변화에 주목했다.

혹시나 하는 마음이 들어 이번에는 심장에 대한 것을 머릿속으로
'생각' 해 보았다.

그러자 곧장 의식하고 있던 장면이 바뀌었다.

이번에는 심장의 힘찬 박동이 눈에 들어온 것이다.

'이거다.'

이유는 정확하게 모르겠지만 몸 안에 있는 내장 기관들의 모습이 단지 생각하는 것만으로도 머릿속에 훤하게 그려졌다.

변화가 있어서 좋긴 하지만 머릿속으로는 끊임없이 의문이 떠올랐다.

대체 왜 이런 변화가 생기는 것일까?

'이게 내부의 삼라만상이라는 것일까?'

설사 아니더라도 분명히 관련이 있을 것이다.

점차 그럴듯한 그림이 머릿속에 그려지려 했다.

하지만 구체적으로 그것이 무엇인지 아직 확연하게 손에 잡히지는 않고 있었다.

초류향은 실망하지 않았다.

오히려 무섭게 집중하기 시작했다.

'여기서부터가 중요해.'

실마리가 잡힌 지금부터 집중력을 가지고 끈덕지게 붙잡고 늘어져야 하는 것이다.

초류향은 혹시나 하는 마음으로 머리에서부터 다리에 이르기까지 전신을 하나하나 자세하게 훑어보았다.

하지만 역시 초류향이 찾고 있던 '내부의 삼라만상'이라는 것은 그 어디에도 없었다.

초류향이 다시금 심장의 모습을 지켜보고 있을 때.

머릿속으로 불현듯 어떤 종류의 깨달음이 스쳐 지나갔다.

'설마?'

심장에서 뿜어져 나가는 피.

초류향은 그 피의 움직임을 지켜보았다.

피는 심장에서 뿜어져 나와 혈관을 타고 몸 전체로 끊임없이 흘러가고 있었다.

그 모습은 '어떤 것'을 떠올리게 만들었다.

'순환.'

심장에서 만들어진 피는 똑같다.

처음에는 같은 것이었지만 온몸을 따라 돌며 혼탁해지고 맑아지고를 반복한다.

그렇게 하나의 흐름으로 끊임없이 순환하고 있는 것이다.

'말을 하고, 팔다리를 움직이고, 숨 쉬고……'

이 모든 것도 어떻게 보면 하나의 거대한 순환이 아닌가? 단지 그동안 그것을 인식하지 못했을 뿐이다.

그간 인식하지 못했지만 자연스럽게 행했던 모든 것들.

그것을 새롭게 머릿속으로 '인지'하는 순간.

신체가 전혀 새로운 의미로 다가올 것이 분명했다.

스스로의 한계까지 그 힘을 효율적으로 뽑아 쓸 수가 있는 것이다.

그리고 그 결과 실로 무궁무진한 힘을 발휘할 수 있었다.

그렇게 초류향은 월인도법의 제일 첫 번째 관문이자 가장 넘어서기 힘든 벽을 넘어서고 있었다.

월인도법의 핵심 중의 핵심이자 근간이 되는 련.

그것이 백 년의 시간을 건너 초류향에게서 새롭게 완성되어 갔다.

*   *   *

공손천기는 초혜정에 있는 정자에 앉아 인공 연못을 물끄러미 들여다보고 있었다.

어린 시절 소교주가 되었을 무렵부터 마음속이 복잡해지면 이곳에 앉아 머릿속을 차분하게 정리했었기 때문이다.

그는 과거와 똑같이 정자의 기둥에 등을 기대고 앉아 조용히 상념에 빠져 있는 것이다.

'누굴까?'

지금 공손천기를 고민하게 만드는 것은 다른 게 아니었다.

초류향의 머릿속.

그곳에 존재하는 섭선을 든 노인.

단 한 번의 부딪침이었지만 공손천기는 상대방에게서 그 깊이를 쉽게 잴 수 없는 광활함을 느꼈다.

이런 경험은 난생처음이었다.

그래서 즐거웠다.

공손천기는 입가에 미소를 지으며 작게 중얼거렸다.

"너의 비밀이라는 것이 그 영감이었더냐……."

초류향.

그의 제자를 떠올리며 공손천기는 슬며시 웃어 버렸다.

그동안 제자가 몇 번이고 자신에게 무언가를 말하려고 망설이다가 말았다는 것을 잘 알고 있었다.

그 비밀의 정체가 무엇인지 궁금했지만 굳이 채근하지 않았던 것은, 언젠가 때가 되면 말해 줄 것이라 여겼기 때문이다.

한데 예상보다 그 비밀이라는 것의 덩치가 너무 컸다.

대체 어쩌다가 그런 말도 안 되는 영감을 몸 안에 가둬 두게 된 건지 이제 참을 수 없을 만큼 궁금해져 버린 것이다.

"끙, 채신머리없이……."

제자에게 직접 물어볼까?

아니면 역시 지금까지 그랬듯이 기다리는 것이 좋을까?

공손천기는 그런 상념들을 정리하며 다시금 그 괴물 같은 부채 영감을 떠올렸다.

'가만, 그런데 분명 그 영감이 나에게서 봉추의 흔적을 보았다고 했지?'

공손천기의 눈에서 빛이 번뜩였다.

봉추는 분명 일반적으로 봉황의 새끼를 뜻하며 세상에 드러나지 않은 뛰어난 자를 일컫는 단어다.

하나 봉추라는 단어는 그런 일반적인 뜻보다도 어느 시대의 누구 때문에 굉장히 유명한 단어가 되지 않았던가?

"설마, 아니겠지."

봉추 방통.

삼국지에 나왔던 천재적인 지략가.

방통을 일컫는 말이 바로 봉추가 아니었던가?

공손천기는 거기까지 생각하다가 눈을 반짝였다.

봉추란 이름이 나올 때마다 늘 그와 함께 거론되던 천재 중의 천재.

누군가의 이름이 함께 머릿속에 번개처럼 떠올랐던 것이다.

'와룡(臥龍) 제갈공명(諸葛孔明).'

과거 혼란의 시대를 뜻대로 쥐락펴락했던 영웅.

제갈량의 이름을 떠올림과 동시에 초류향의 머릿속에 있던 부채 영감.

그 사람을 옆에 같이 그려보았다.

그러자 놀랍도록 머릿속에 그려지는 형상이 비슷하지 않은가?

공손천기는 입술 끝을 말아 올리며 음흉하게 웃었다.

"그래, 와룡이라…… 그놈이었단 말이지?"

정답이었다.

이건 정확한 해답이라는, 그런 확신이 들었다.

"과연. 그래서 그랬군."

그 노인이 제갈공명이라면 그 정도로 대단한 것이 납득이 되었다.

"하긴 그 정도 영감은 되어 줘야 나와 맞설 수 있겠지."

그 부채 영감과의 싸움에서 상대적으로 손해를 보았던 공손천기였다.

그런데 그가 와룡 제갈공명이라 생각하니 들끓던 감정이 많이 희석되었다.

나름대로 흐뭇한 감정까지 들 정도니 제갈공명이라는 이름이 과연 대단하긴 대단한 모양이다.

그때.

공손천기는 눈을 뜨고 고개를 옆으로 돌렸다.

그리고 미소 지었다.

"아니, 이게 누구십니까?"

공손천기.

그는 자리에서 일어나며 환하게 웃었다.

오만불손한 그의 입에서 처음으로 반말이 아닌 경어가 흘러나왔다.

비록 비공식적인 장소에 한정해서였지만, 상대방은 이곳 천마신교에서 유일하게 공손천기에게 편하게 말을 할 수 있는 존재였다.

"그래, 오랜만일세. 사제."

혈수광마 권광민.

그가 이곳 초혜정에 온 것이다.

"사형이 이곳까지 찾아올 줄 몰랐습니다. 무슨 고민거리라도 있으십니까?"

"굳이 그런 일이 있어야 사제를 찾아올 수 있는 건가?"

"꼭 그런 건 아닙니다만⋯⋯."

공손천기는 슬며시 웃었다.

"사형이 그동안 저를 피하지 않으셨습니까?"

권광민은 장난스럽지만 조금 가슴 아파하는 표정을 지어 보였다.

"어쩔 수 없지 않나? 상황이 그리 시키는 것을⋯⋯."

어렸을 때부터 나이 차가 많이 나던 공손천기를 물심양면으로 챙겨주었던 권광민이다.

비록 상황이 이렇게 이상하게 흘러가 버리는 바람에 관계가 소원해지긴 했지만 공손천기는 아직도 그를 남이라 생각하지 않고 있었다.

"차라도 내오도록 하겠습니다."

공손천기가 전음을 날리자 주변에 있던 인기척들이 갑자기 바빠지기 시작했다.

그 모습을 물끄러미 보던 권광민은 흐릿하게 웃고는 정자의 난간에 걸터앉으며 투덜거렸다.

"에구구, 조금만 움직여도 요새는 힘이 드는구만. 여기저기가 고장난 것 같네. 아무래도 슬슬 갈 때가 된 모양일세."

"그 정도면 충분히 오래 사셨죠, 사형."

"오랜만에 봐도 악담은 여전하구먼."

권광민은 너털너털 웃으며 고개를 저었다.

그리고 공손천기를 뚫어져라 살펴보며 말했다.

"나는 오늘내일하는데 사제는 근래에 더 보기 좋아졌구먼. 제자도 하나 받았다고 들었네만."

"예. 제법 괜찮은 놈으로 받아들였습니다."

뿌듯해하는 말투.

공손천기의 표정을 살펴보고 있던 권광민의 얼굴이 잠시 복잡하게 변했다.

"자네만큼 대단한 아이인가 보구만?"

"뭐, 그럭저럭 제 뒤를 이을 정도는 되죠."

공손천기는 흐뭇하게 웃어 보였다.

이러면 더더욱 말을 꺼내기 어려워진다.

권광민은 잠시 망설이다가 곧 결심을 한 것인지 입을 열었다.

"사제가 과거에 내 제자를 본 적이 있던가?"

"사형의 제자요?"

언뜻 들어 본 적이 있던 것 같다.

하지만 직접 본 기억은 없었다.

"이야기는 들었습니다만…… 본 적은 없습니다."

"한번 만나 보겠는가?"

공손천기는 권광민을 응시했다.

예전부터 남에게 피해를 주는 것을 싫어하고 도움 받는 것도 좋아하지 않는 폐쇄적인 사형이었다.

그런데 지금은 어딘가 무리를 하고 있다는 느낌이 들었다.

'무언가 있나 보군.'

그게 무엇이든 자신에게 해가 될 것이 아님을 알고 있었기에 공손천기는 선선히 웃으며 대답해 주었다.

"한번 만나 보지요."

"고맙구면."

권광민은 속으로 안도의 한숨을 내쉬었다.

어찌 되었건 그가 이제 제자에게 해 줄 수 있는 것은 다 해 주었다고 생각한 것이다.

'이제 정말 교주의 눈에 드는 것은 온전히 네 몫이다, 제자야.'

만약, 정말로 만약의 일이지만 공손천기가 노진녕을 마음에 들어 해서 진짜로 제자로 거둬들일 가능성도 있기는 했다.

누가 뭐라 해도 화경의 고수라는 것은 대단히 진귀한 존재였으니까.

하지만 솔직히 그 가능성을 대단히 낮게 보고 있는 것도 사실이었다.

그가 지금 이렇게까지 하는 것은 마지막으로 마음속에 있던 짐을 덜

어 버리기 위함이었던 것이다.

　권광민은 아직도 교주가 될 꿈을 버리지 않은 그의 안쓰러운 제자를 머릿속에 떠올리며 속으로 깊은 한숨을 내쉬었다.

第九章

수박만 한 엉덩이를
만드는 비법

　양손에 산더미처럼 많은 붕대와 고약을 챙겨서 뒤뚱거리며 이동하던 공손아리.

　그런 그녀 앞에 착 달라붙는 붉은 궁장을 입어 몸의 굴곡을 그대로 드러낸 긴 흑발의 미녀가 불쑥 나타났다.

　"어머, 소군주님? 어딜 그렇게 급하게 가세요?"

　"어……? 링링이네."

　"네, 링링이에요. 근데 들고 계신 건 뭐예요?"

　"으응, 이거? 붕대랑 고약이야."

　공손아리.

　그녀는 흑발의 미녀 앞에서 조금 우물쭈물거렸다.

　왠지 모르게 위축된 듯한 모습.

"그건 저도 알죠. 그런데 이걸 다 어디에 쓰시려구 이렇게 많이 챙겨 가세요?"

"으응. 지금 린이랑 령이 많이 아프거든."

"예?"

흑발의 미녀.

그녀는 약제당주인 선우조덕의 손녀딸이자 천마신교의 '공식' 최고의 미녀로 추앙받는 선우초린(鮮于貂潾)이었다.

공손아리의 말이 이해가 안 된다는 듯, 그녀의 얼굴에 잠시간 의아해하는 기색이 어렸다.

"그 아이들이 아프다구요?"

끄덕끄덕.

공손아리는 고개를 끄덕이며 말했다.

그러자 선우초린은 눈을 가늘게 떴다.

"그래서 그 수발을 들어 주려고 지금 이렇게 물건들을 챙겨 간다 이거군요?"

"응……."

"소군주님이 직접이요?"

"으응……."

"……따라오세요."

공손아리는 어어? 하면서 반항도 하지 못한 채 선우초린의 손에 이끌려 그녀의 숙소로 향했다.

탁—

방문을 열고 들어서자 하얀 엉덩이를 훌러덩 까 내놓고 나란히 엎드려 있는 두 명의 처자가 눈에 들어왔다.

린과 령이었다.

그녀들의 울퉁불퉁해진 둔부(臀部, 엉덩이)를 바라보던 선우초린의 눈가에 차츰 스산한 기운이 서렸다.

최초로 사태가 잘못 돌아가고 있다고 느낀 것은 린이었다.

그녀는 그저 소군주님이 왔겠거니 하고 마음 놓고 웃으며 고개를 돌렸다가 호랑이를 마주한 것처럼 놀라서 자리에서 튕기듯 일어섰다.

그리고 하의를 재빨리 챙겨 올리며 예의를 갖췄다.

"리, 린이 부궁주님을 뵙니다."

그때까지도 엎드려 있던 령 역시 얼굴이 새하얗게 질리면서 벌떡 자리에서 일어섰다.

"령이 부궁주님을 뵙니다."

령 역시 순식간에 하의를 고쳐 올리며 읍을 해 보였다.

그 모습을 싸늘한 눈빛으로 보고 있던 선우초린이 작게 입을 열었다.

"……내가 잠깐 외유 중일 때 너희들이 아주 별 지랄들을 다 하고 있구나."

"그, 그것이……."

"그것이 뭐? 뭐 변명할 말이라도 있어? 할 거면 지금 해. 죽으면 하고 싶어도 못 하니까."

린은 식은땀을 뻘뻘 흘렸다.

지금 이 상황에서 딱히 마땅하게 둘러댈 말이 생각나지 않았기 때문이다.

'망했다.'

린은 선우초린의 뒤에서 미안해하는 얼굴을 하고 있는 공손아리를 보며 사태 파악이 순식간에 완료되었다.

'내가 아무래도 전생에 지은 죄가 많은 모양이다.'

린은 속으로 그렇게 푸념을 했다.

잠깐, 아주 잠깐 공손아리에게 장난을 친다고 하다가 뒷감당도 되지 않을 '도깨비'를 만나 버렸다.

'하필 나찰마녀(羅刹魔女)에게 걸리다니…….'

극상이라고 평가받는 아름다운 외모와 상반되는 포악한 성정을 지닌 사람이 바로 선우초린이었다.

약제당의 미친개, 이화궁의 광년 등등, 평소에 그녀를 부르는 화려한 수식어만큼이나 무시무시한 전적들이 그녀의 성정을 잘 말해 주고 있었다.

잘못 걸리면 정말 뼈도 못 추리는 것이다.

그런데 아무리 생각해 봐도 오늘 린은 잘못 걸려도 한참 잘못 걸린 것 같았다.

선우초린은 허리에 요대처럼 두르고 있던 채찍을 풀어내고 허공에 한 번 튕기며 말했다.

쫘악—!

"유언은 있겠지?"

뱀의 혓바닥처럼 나긋나긋 휘어지는 채찍을 보자 벌써부터 오금이 저려왔다.

린과 령은 서로를 바라보다가 곧장 바닥에 납작 엎드리며 말했다.

"죄, 죄송합니다. 부궁주님."

"요, 용서해 주십시오. 부궁주님."

"개소리하고 앉아 있네. 너희들은 좀 맞아야 정신을 차려."

쫘악—! 쫘아아아악—!

"꺄악!"

"읍!"

"이 축생 같은 년들. 죽어라! 죽엇!"

머리가 새하얘지는 고통!

령과 린은 엉덩이에서 느껴지는 엄청난 통증에 저도 모르게 비명을 질러댔다.

그 모습을 공손아리는 안절부절못하며 지켜보고 있었다.

*   *   *

"소군주님."

"으응."

공손아리가 살짝 겁먹은 얼굴로 선우초린을 바라보았다.

선우초린은 채찍 끝에 묻어 있는 피와 살점 부스러기들을 조금씩 떼어내며 말했다.

"아랫것들은 이렇게 사흘에 한 번씩은 패 줘야 말을 들어요. 건방지게 자기보다 윗사람을 부려먹을 생각을 하다니…… 얼굴도 못생긴 것들이."

선우초린은 낮게 이를 부득부득 갈다가 공손아리와 눈이 마주치자 돌연 환한 웃음을 입가에 머금었다.

그녀는 감정 변화가 정말 놀랍도록 빨랐다.

"앞으로는 필요하실 때마다 저를 찾으세요. 제가 아랫것들을 따끔하게 교정 봐 드릴게요. 아셨죠?"

"으응……."

핏방울이 얼굴에 튀어 있는 선우초린을 보자 차마 아니라고 말을 할수가 없는 공손아리였다.

링링, 그러니까 선우초린은 예전부터 이상하게도 공손아리에게 무한정 애정을 베풀어 주었다.

남들과는 다른 그녀의 특이한 용모를 보면서도 조금도 이상하다 생각하지 않고 굉장히 호감을 보이며 다가왔던 것이다.

어느 날 자기한테 왜 그렇게 잘해 주냐고 물어보았더니 선우초린이 환하게 웃으며 이렇게 말했다.

"소군주님은 예쁘잖아요."

단지 그 이유에서였다.

아부나 가식이라고는 조금도 섞여 있지 않은 그 솔직담백한 대답에 공손아리는 그녀를 도무지 싫어할 수가 없었다.

'그래도 무섭긴 무서워…….'

싫지는 않았지만 무서운 건 무서운 거였다.

특히 이렇게 가끔씩 눈이 뒤집히는 장면을 볼 때마다 오싹오싹 겁이 났던 것이다.

공손아리는 선우초린을 무서워했지만 선우초린은 공손아리를 정말 무척이나 좋아했다.

'예뻐 죽겠다.'

대답을 하며 연신 고개를 끄덕거리는 공손아리를 흐뭇한 얼굴로 바라보던 선우초린이 불쑥 입을 열었다.

"그런데 소교주님이 정해졌다는 소식은 들었어요?"

"응……."

소식만 들은 것이 아니라 직접 보기까지 했다.

하나 그것을 모르는 선우초린은 채찍을 깔끔하게 정리한 후 자신의 허리춤에 감으며 물었다.

"어떤 사람일까요?"

"눈이 예쁜 사람이야."

공손아리가 불쑥 말하자 선우초린은 순간 멈칫했다.

'눈이 예쁘다고?'

그걸 대체 어떻게 알았지?

마치 직접 본 것처럼 이야기하지 않는가?

"직접 보셨어요?"

공손아리는 머뭇거렸다.

그 모습에 선우초린은 가까이 다가가 걱정스러운 얼굴로 그녀의 보드라운 두 손을 꼭 붙잡으며 말했다.

"소군주님."

"응. 링링."

"제가 전에 말한 적 있죠? 남자 새끼들은 전부 다 늑대라고. 항상 조심하고 또 조심해야 한다고 이야기했었던 거 기억해요?"

"응……."

똑똑히 기억했다.

선우초린 말고도 사방에서 항상 당부하던 말이니까.

"방심하면 끝장이에요. 아셨죠?"

끄덕끄덕.

선우초린은 긴장한 얼굴로 고개를 끄덕이는 공손아리를 마냥 사랑스럽다는 눈길로 바라보다가 무언가 마음이 놓이지 않았는지 자리에서 일어서며 말했다.

"급히 가 봐야 될 곳이 있어서 먼저 가 볼게요."

"응. 고생해, 링링."

"네. 소군주님도요."

선우초린이 서둘러 어딘가로 사라지자 공손아리는 허둥거리며 아까 챙겨 두었던 붕대와 고약을 들고 숙소로 들어갔다.

그리고 피투성이가 된 숙소를 잠시 울상을 짓고 바라보았다.

그리고 침상 쪽을 바라보며 말했다.

"마, 많이 아프지?"

"……."

린과 령은 둘 다 대답하지 않고 그저 침상에 엎드린 채 얼굴을 베개에 파묻고 있었다.

공손아리는 조심스럽게 침상으로 가서 고약을 찍어서 그녀들의 둔부에 발라 주었다.

한참 만에 좀 진정이 된 것인지 린이 고개를 베개에서 빠끔하게 꺼내 들고 웅얼거렸다.

"……제 엉덩이 수박만 해졌죠?"

"응…… 수박이 두 개가 붙어 있는 거 같애."

린은 공손아리의 안쓰러운 어조에 피식 웃으며 입을 열었다.

"좋네요. 이제 남자들에게 인기 많아지겠어요. 남자들은 엉덩이 큰 여자가 좋다던데……."

"진짜? 그럼 린은 이제부터 인기 최고겠다. 엉덩이가 호박만 해졌어."

"……네, 그럼 이제부터 인기 최고겠네요."

린과 령은 서로의 상태를 보며 피식 웃어 버렸다.

오늘 있었던 일은 그저 미친개에게 물린 것이라 생각하기로 한 것이다.

                    *   *   *

'약제당에 있다고 했지?'

수하들을 시켜서 소교주의 행방에 대해 알아본 선우초린은 망설이지 않고 약제당으로 향했다.

약제당은 그녀의 할아버지가 당주로 있는 곳이기 때문에, 사전에 연락도 없이 찾아왔음에도 불구하고 그녀는 아무런 제지도 받지 않고 가장 깊은 곳까지 단숨에 들어갈 수 있었다.

그러다 그녀는 움찔하며 걸음을 멈추었다.

"네가 여긴 어쩐 일이냐?"

정면에 서 있는 노인.

그는 바로 약제당주 선우조덕이 아닌가?

"소교주님을 뵈려고 왔어요, 할아버지. 이곳에 계신다고 들었는데 어디 계세요?"

"네가 소교주님을 왜 뵈려고 하는 게냐?"

"그냥 차후에 본 교를 이끌어나갈 분이신데 미리 얼굴이라도 익혀 두면 서로 실수도 안 하고 좋잖아요?"

선우조덕은 고개를 갸우뚱거렸다.

언뜻 들어보면 맞는 말인 것 같지만 조금만 생각해 보면 온통 허점 투성이인 소리가 아닌가?

선우조덕의 눈매가 뱁새처럼 가늘어졌다.

"초린아."

"네. 할아버지."

"너 무슨 꿍꿍이로 소교주님을 만나려고 하는 게냐? 솔직히 말해 보거라."

선우초린은 곧장 말하지 않고 잠시 뜸을 들였다.

그리고 말했다.

"진심이에요, 할아버지."

선우조덕 역시 손녀딸이 얼마만큼 미친년인지 잘 알고 있었기에 지금 이 말이 여러모로 미심쩍었지만, 그 이상은 생각하기를 포기했다.

지금은 이런 것에 신경을 쓸 정도로 한가하지 않았기 때문이다.

"어차피 지금은 만나 뵙지도 못할 테니까 그냥 돌아가거라."

선우초린의 입술 끝이 씰룩거렸다.

"왜 만나 뵙지 못해요? 저도 안 되는 거예요? 할아버지 손녀인데두요?"

"누군 되고 누군 안 되는 게 아니야. 지금 소교주님의 상태가 많이 안 좋으시다. 조속히 기력부터 회복하셔야 한다. 그러니 일단은 휴식부터 해야 하지 않겠느냐?"

선우조덕의 말에 선우초린은 의외로 선선히 수긍했다.

"그렇겠네요. 알겠어요."

쉽게 수긍하고 뒤돌아서서 가는 모습이 영 불안하게 만들었다.

'별일 없겠지.'

선우조덕은 내심 찜찜함이 남았지만 급한 일이 많았기에 서둘러 그 자리를 벗어났다.

*   *   *

'꼭 확인해야 할 게 있어.'

역시 선우초린은 포기한 게 아니었다.

그녀는 약제당 출신이었기 때문에 이곳의 비밀 통로라든가 샛길에 대해서 빠삭했다.

그 덕에 선우조덕이 있던 곳을 피해서 다시 한 번 초류향을 만나러 가는 게 가능했다.

초류향이 있는 곳은 보나 마나 최고의 시설이 있는 곳일 터.

그렇다면 찾아가는 데에 어려움 같은 것은 없었다.

선우초린은 숨소리조차 흘리지 않고 재빨리 초류향이 잠들어 있는 방 안으로 숨어 들어갔다.

과연 제대로 찾아온 것인지 침상에는 덩그러니 풋내 나는 소년이 누워 있었다.

'이 녀석인가?'

가까이 다가가 좀 더 자세히 초류향을 들여다보려는데 갑자기 섬뜩한 느낌과 함께 목 언저리에 길고 얄팍한 검이 닿는 게 느껴졌다.

"움직이면 죽인다."

"……."

초린은 어금니를 꽉 깨물었다.

대체 어떻게?

언제 이렇게 가까이까지 접근한 것일까?

그녀가 수치심에 얼굴이 붉게 달아오를 때.

갑자기 앞에 놓인 침상 전체가 소교주를 중심으로 물결치듯이 크게 출렁거렸다.

그 순간 검끝이 미묘하게 흔들렸다.

'빠져나갈까?'

잠시 그런 갈등을 했지만 초린은 고개를 저었다.

상대방의 실력을 정확하게 모르는 이상 무리하지 않는 게 좋을 것 같았기 때문이다.

그녀의 그 판단은 실로 현명했다.

상대방은 운휘.

화경의 고수였기 때문이다.

그렇게 그녀가 생각을 정리하고 있을 때.

침상 위에 누워 있던 파리한 안색의 소년이 상체를 일으켰다.

소년은 지극히 신비로운 눈빛으로 초린을 바라보며 입을 열었다.

"그쪽은 누구십니까?"

이것이 나찰마녀와 초린과 수라왕 초류향의 첫 만남이었다.

*　　　*　　　*

천마신교는 본래 교도들의 숫자만 십만 명이 넘어가는 어마어마한 크기의 종교단체였다.

그렇기 때문에 그들 사이에서도 자연스럽게 파벌이 존재하게 되었는데.

그것이 바로 천마신교를 자연스럽게 주도해 나가는 네 개의 가문.

천(天), 용(龍), 단리(段里), 선우(鮮于).

이 네 개의 성을 쓰는 가문이었다.

이들 가문이 그동안 주도적으로 천마신교를 움직여 오고 있었다고 해도 과언이 아니다.

사대 가문(四大家門).

그들이야말로 대대로 교주와 호법들을 많이 배출해 온 명문 중의 명문인 것이다.

한데 공손천기가 등장하면서부터 그 기세가 한풀 꺾이고 말았다.

공손천기.

그가 속해 있는 공손세가(公孫世家)는 그야말로 변두리에 위치한, 그 규모가 너무도 작아서 아무도 신경 쓰지 않았던 작디작은 가문이었다.

단지 이번에 운이 좋아서 그들 가문에서 공손천기라는 걸출한 인재
가 나온 것뿐이다.

그래서 큰 걱정은 하지 않았다.

충분히 다음 대의 교주직을 노려 볼 만하다고 생각했으니까.

그런데 이게 웬걸?

초류향이라는 듣도 보도 못한 꼬마가 소교주랍시고 들어오지 않았
던가?

이건 가볍게 넘어갈 문제가 아니었다.

사태가 정말 위험한 수준까지 온 것이다.

커다란 대전에 둥근 원탁의 탁자가 놓여 있었고, 그 탁자를 중심으
로 동서남북, 네 방향에 한 명씩 노인들이 앉아 있었다.

그들은 각각 현재 사대 가문의 수장들이었다.

"이번에 일어난 일은 도저히 묵과할 수 없소이다."

북쪽에 앉아 있던 노인이 조용하게 입을 열자 서쪽에 있던 노인이
고개를 끄덕였다.

"본 가도 동의하오."

"교주님께서 제자를 받은 것은 교의 미래를 보았을 때 분명 좋아할
만한 일이오. 그런데 그게 본 교의 아이가 아닌 외부에서 흘러들어 온
아이라니……. 이것은 그대로 넘어갈 수 없겠소이다."

설령 각자 가문에서 후계자가 나온 것이 아니라 하더라도 다시 한
번 절치부심(切齒腐心, 이를 갈고 마음을 썩임. 즉, 분하지만 더 열심히 노

력함)해서 다음 대의 교주 자리를 노리면 그만이었다.

그런데 뜬금없이 외부에서 제자를 구해 오다니…….

이것은 너무도 위험천만한 행동이 아닌가?

자칫 잘못하면 외세에 천마신교의 힘을 고스란히 넘겨주는 꼴이 될 수도 있기 때문이다.

"교주님께 말씀드려 보았소?"

남쪽에 있던 노인이 묻자 북쪽에 있던 노인이 씁쓸하게 웃으며 대꾸했다.

"물론 해 보았소."

"뭐라고 하시오?"

"거론할 가치도 없는 이야기라고 하셨소."

"……큰일이오."

사대 가문의 수장들.

그들은 일제히 한숨을 내쉬었다.

상대방이 교주이기 이전에 공손천기는 일반적인 상식이나 기준이 통하지 않는 대상이었다.

여태껏 그는 남들의 말을 듣지 않고 오로지 그만의 방식을 고집해 왔다.

한데 정작 문제는 대부분의 경우 항상 그의 방법이 옳았다는 점이었다.

그러니 더더욱 할 말이 없어진 것이다.

"심각한 문제요. 만약 본 교의 무력이 외부에 있는 세력을 위해 쓰인다고 생각해보시오. 얼마나 끔찍한 일이겠소? 게다가 아차 하면 본 교가 있는 십만대산도 위기에 빠질 수 있소이다."

"그건 진정 안 될 말이외다."

그때까지 한마디 말도 없었던 서쪽 방향에 앉아 있던 노인.

그가 서서히 입을 열었다.

"한데 방법이 없지 않겠소? 교주님께서 이미 결정하신 이상 번복하실 가능성은 조금도 없으니 말이오."

다들 침중한 얼굴로 고개를 끄덕였다.

교주 공손천기.

그는 한번 결정한 것을 번복하지 않았다.

평소 세세한 것도 그랬으니 제자 문제라면 더더욱 예민하게 받아들일 것이다.

천마 이후로 역대 최고의 권력을 쥐고 있는 교주가 바로 공손천기였다.

만약에라도 그의 심기를 거스른다면 자칫 멸문의 화를 당할 수도 있을 정도니까.

"그 초류향이라는 아이가 소교주가 될 거라는 사실에는 변함이 없소. 하지만 과연 무사히 교주가 될 것인지는 아직 알 수 없는 노릇이 아니겠소?"

"그게 무슨 뜻이오?"

"우리들도 저항할 수 있는 마지막 방법을 써야 할 것이오."

"마지막 방법이라면……."

"생사비무(生死比武)를 준비해야 할 것이오."

"생사비무라……."

소교주가 성년이 되는 날.

그때부터는 특별히 몸에 이상이 있지 않는 한, 원로를 제외하면 누구든 목숨을 걸고 비무를 신청할 수 있으며, 소교주는 이 도전을 무조건 받아 주어야만 했다.

스스로의 강함을 모두에게 증명해야 하는 것이다.

공손천기 역시 그래 왔고, 그 전대의 교주들 역시 그런 식으로 본인의 강함을 꾸준히 증명해 왔다.

이건 절대자로서 당연히 보여 주어야 하는 일종의 업보였다.

"누구를 내보낼 생각이오?"

이 질문에는 모두가 조개처럼 입을 다물었다.

누굴 내보내야 하는 것일까?

이것이 또 문제가 아닌가?

과연 누구를 내보내서 소교주를 없애 버릴 것인가?

이것은 더 큰 문제였다.

현 교주의 분노를 받아내야 하는 것은 둘째 치고라도, 소교주와 비슷한 연배에 그 정도의 인재가 과연 있을지조차 궁금했기 때문이다.

그들은 공손천기의 선택을 결코 무시하지 않았다.

그가 선택한 아이라면 차후에 분명 어마어마한 고수가 될 것이 분명할 터.

그런 아이를 단숨에 죽여 버릴 만한 자질이 있는 아이가 있었던가?

"적당한 자를 추천해 주시오. 일단 본 교의 네 가문에서 고르고 골라서 뽑아야 하오. 분명 기회가 그리 많지 않을 테니까 말이오."

그때 남쪽에 앉아 있던 노인이 자리에서 일어서며 입을 열었다.

"본 가의 후(后)를 추천하겠소."

모두의 시선이 그 노인을 향해 집중되었다.

"자신 있소? 단리 가주."

"물론이오. 하나 여기에는 조건이 있소."

"조건? 말해 보시오."

단리세가의 가주.

단리무한(段里無限)은 한 차례 좌중을 둘러보곤 낮게 입을 열었다.

"다음 대의 교주는 본 가에서 나와야 할 것이오."

"……!"

모두의 입이 꿀 먹은 벙어리처럼 다물어졌다.

쉽게 동의해 줄 수 없는 문제이기 때문이다.

각자가 가문을 대표하고 있는 입장.

때문에 이것은 함부로 양보하기 어려운 문제였다.

"이 일은 그만한 가치가 있지 않겠소?"

단리무한이 은밀하게 말하자 남은 세 개의 가문의 수장은 고민했다.

정말 단리세가에서 교주가 나와도 좋은 걸까?

그들은 고민했고, 결국 마지못해 고개를 끄덕였다.

"외부의 세력에게 교주직이 넘어가는 것보다야 아무래도 낫지 않겠소?"

용씨세가의 가주.

용무화(龍武化)가 긍정의 뜻을 표하자 모두가 고개를 끄덕였다.

"좋소. 만약 단리세가가 그리해 준다면 교주의 후계자로 단리세가를 추천하겠소."

단리무한은 흐릿하게 웃었다.

"거래는 성립되었구려."

이렇게 천마신교 내부에서 어두운 기운이 움직이려 하고 있었다.

*   *   *

초류향이 깨어나자마자 운휘는 초린에게 꺼냈던 칼을 거두고 곧장 침상을 향해 엎드렸다.

"주군!"

걱정이 되었다.

운휘는 지난 며칠 동안 잠도 자지 않고 초류향의 곁을 지켜온 것이다.

그 격렬한 감정이 저 한 마디 음성에 모두 담겨 있었다.

자신을 향해 엎드려 있는 운휘를 보며 초류향은 담담하게 입을 열었다.

"걱정 끼쳐서 미안합니다."

그가 어떤 마음으로 곁을 지키고 있었을지 안 봐도 머릿속에 그려졌다.

그래서 미안했다.

그가 잘못한 것은 하나도 없었지만 그의 죄책감이 전해져 왔기 때문이다.

초류향은 운휘를 일으킨 후 다시금 초린을 바라보았다.

"일단 불을 좀 켜도록 하지요."

저녁 무렵이라 방은 어둑어둑했다.

그랬기에 불을 켜려고 한 것이다.

운휘가 곧장 등에 불을 밝히자 초류향은 놀란 얼굴을 해 보였다.

눈앞에 있는 여자가 생각지도 못할 만큼 예뻤기 때문이다.

그것은 운휘도 마찬가지였다.

선우초린은 그들의 놀란 눈을 보며 속으로 차갑게 웃었다.

당연한 반응이었다.

그녀의 아름다움은 남녀노소를 가리지 않았으니까.

너무도 익숙한 눈빛들.

자신을 처음 보면 한결같이 저런 눈빛을 했다.

'사내새끼들은 하나같이 다 똑같지.'

애나 어른이나 노인이나, 사내라는 놈들은 모두가 예쁜 것만 보면 환장을 하는 족속들이었다.

그것이 몹시도 혐오스러운 선우초린이었다.

그녀는 남자들을 병적으로 싫어했다.

속이 너무도 뻔히 보이는데 마치 아닌 척, 깨끗한 척 위선을 떠는 것이 너무도 꼴사납게 보였다.

선우초린이 도도한 눈으로 그들을 바라볼 때.

초류향은 곁에 있던 운휘와 조금 다른 의미로 놀랐다.

'칠십육?'

어마어마한 수치였다.

한 가지 신기한 것은 호흡을 고르며 정관법을 발휘하지 않는데도 수치가 바로 보인다는 점이었다.

단지 알고 싶다고 '생각' 한 것뿐인데 상대방의 수치가 바로 보였다.

신체가 자연스럽게 생각에 따라 반응하고 있었다.

초류향은 겉으로 표시내진 않았지만 기뻤다. 드디어 확실하게 깨달은 것이다.

'련……'

월인도법은 확실히 특이한 무공이었다.

련을 깨닫자 그 뒤는 자연스럽게 알게 되었다.

서른 자의 구결 중에 련을 포함하여 열 개의 구결이 단번에 이해되어 버렸다.

하나의 관문을 넘어서자 뒤는 자연스럽게 따라온 것이다.

그제야 초류향은 월인도법에 적혀 있던 악중패의 말에 납득할 수 있었다.

'그가 무공을 몰랐다는 것이 거짓이 아니었겠구나.'

일반적으로 무공이란 건 초류향이 알기로 기초부터 차근차근 쌓다가 뒤로 갈수록 차츰 어렵고 험난해지는 것이 정상이었다.

한데 월인도법은 반대였다.

처음이 어렵고 뒤의 것이 오히려 쉬웠다.

물론 전부 다 이해한 것은 아니었지만 나머지 스무 자의 구결도 마찬가지일 것이다.

하나를 이해하면 그 뒤는 자연스럽게 따라올 터.

그 생각을 하니 입가에 절로 흐뭇한 미소가 떠올랐다.

비록 이제 시작에 불과했지만 월인도법에 대해 상당 부분 이해한 것을 느꼈기 때문이다.

'역시 이놈은 안 돼.'

선우초린은 만족스럽게 웃고 있는 초류향을 보며 입술을 깨물었다.

그 미소의 의미를 오해한 것이다.

공손아리가 처음으로 남자에 대해 입에 담길래 걱정이 되어 와 봤다.

그런데 역시나.

이 꼬맹이 놈은 벌써부터 속내가 검지 않은가?

싹수가 노란 놈이었다.

초린은 그렇게 결론을 내렸다.

"이화궁의 부궁주 선우초린입니다. 소교주님이 이곳에 계시다길래 안부나 여쭙고자 찾아왔습니다."

안부를 이렇게 늦은 시간에?

초류향은 잠시 고개를 갸웃했지만 곧 그러려니 했다.

지금은 기분이 무척 좋았기 때문에 모든 것에 관대해져 있는 상태인 것이다.

그때 귓가에 운휘의 전음이 들려왔다.

『선우가(家)의 망나니 계집입니다. 무공 수위는 상(上), 아마 겉으로 드러나 있는 본 교의 여고수들 중에서 가장 강할 겁니다.』

초류향은 고개를 끄덕였다.

그럴 것이다.

잠재력부터 이미 압도적이었으니까.

저 정도라면 화경의 고수라고 해도 믿었을 것이다.

'그런데…….'

아까부터 선우초린은 자신을 혐오스러워하는 눈초리로 보고 있었다.

대체 무엇이 저렇게 마음에 안 든 것일까?

그런 의문이 떠오르자 자신도 모르게 머릿속에 있는 생각이 바깥으로 튀어나갔다.

"제가 마음에 안 드십니까?"

선우초린은 잠시 움찔한 다음 묘한 눈빛으로 초류향을 바라보았다.

무슨 의도로 물어본 것인지 파악하기 어려웠기 때문이다.

잠시 생각하던 선우초린은 정면 돌파를 선택했다.

"예. 마음에 들지 않습니다."

"……!"

곁에 있던 운휘의 눈매가 싸늘하게 변했다.

초류향이 지시하면 당장이라도 베어 버릴 듯이 사나운 기세다.

그런 그를 눈짓으로 만류한 다음 초류향은 설핏 웃었다.

이유는 잘 모르겠지만 자신도 모르게 웃음이 새어 나온 것이다.

'모든 사람이 나를 좋아할 순 없다.'

어릴 때 아버지에게 들었던 이야기였다.

확실히 맞는 이야기였다.

누구에게나 좋은 사람이 될 순 없는 법이다.

상대적으로 그를 적대시하거나 싫어하는 사람이 반드시 있을 수밖에 없는 것이다.

사람들의 이해관계라는 것은 본디 상대적인 거니까.

그런데 이렇게 노골적으로 싫다는 것을 표현하는 사람은 드물었다.

보통 상대방이 싫으면 그것을 마음에 품고 있다가 결정적일 때 꺼내 드는 법이다.

그런데 눈앞의 선우초린이라는 사람은 달랐다.

초면인 사람 면전에 대고 솔직하게 '싫다.'라고 말할 수 있는 사람이 과연 몇이나 될까?

그것도 그의 상전이라 할 수 있는 사람 앞에서.

이것도 용기라면 용기가 아닐까?

그래서인지 초류향은 오히려 그녀가 싫지 않았다.

"왜 싫은지 알 수 있겠습니까?"

선우초린은 초류향의 차분하고 정중한 대응에 속으로 뜨끔했다.

일단 막 지르고 보는 게 그녀의 방식이었기에 생각나는 대로 내뱉었지만 막상 저지르고 나서 아차 싶었던 것이다.

상대방은 소교주.

마음만 먹는다면 그녀를 이 자리에서 죽일 수 있는 사람이었다.

선우초린은 거기까지 생각하고 한풀 꺾인 음성으로 입을 열었다.

"전 사내들은 다 싫습니다. 소교주님도 어리지만 사내 아닙니까?"

초류향은 눈을 동그랗게 떴다.

예상하지도 못했던 전혀 의외의 대답이었기 때문이다.

하지만 그럴 수도 있겠다고 생각했다.

저런 미인이 사내를 왜 싫어하는지까진 알 순 없었지만 개개인의 취향이 있는 법이니까.

그런데 이것은 초류향이 어떻게 고쳐 줄 수가 없는 부분이 아니던가?

잠시 무언가를 생각하던 초류향은 고개를 끄덕이며 말했다.

"이해합니다."

"……."

이해한다고? 너 따위가? 네가 대체 나에 대해 뭘 안다고?

한풀 꺾여 있던 선우초린의 기세가 다시 사납게 변했다.

'개소리하지 마!'

선우초린이 저렇게 외치며 발작하고 싶은 것을 필사적으로 참고 있는데 초류향이 다시금 차분하게 말을 이었다.

"그렇다면 앞으로 계속 싫어하셔도 좋습니다. 제가 고칠 만한 부분이 아니라 미안합니다."

"……."

곁에 있던 운휘도, 선우초린도 순간 멍청한 얼굴을 해 보였다.

초류향은 지금 진심으로 미안해하고 있었던 것이다.

'이놈…….'

이건 이상한 놈이었다.

그녀도 교내에서 대놓고 미친년 취급을 받고 있었지만, 눈앞에 있는 이 꼬마는 그것과는 전혀 다른 면에서 이상했다.

선우초린은 소교주에 대한 자신의 생각을 조금 수정했다.

그때 초류향이 선우초린을 바라보며 담담하게 입을 열었다.

입에서 흘러나오는 초류향의 말투에는 조금도 불쾌해하거나 싫어하는 기색이 없었다.

그저 덤덤했다.

"그럼 용건은 그게 끝입니까?"

선우초린은 초류향의 질문에 자신도 모르게 고개를 끄덕이다 아차 싶어서 입을 열었다.

"예."

"그럼 가 보셔도 됩니다."

선우초린은 멍청한 얼굴로 읍을 한 다음에 바깥으로 나왔다.

그리고 천천히 이화궁을 향해 걸어가며 복잡한 얼굴로 생각에 잠겨 들었다.

확실히 그 꼬마는 그녀의 예상 밖이었다.

이건 어쩌면 그녀가 예상했던 것보다 더한 거물일지 모른다.

생각할수록 그런 마음이 들었다.

'그래도 절대로 안 돼!'

공손아리의 입에서 튀어나온 소교주의 존재.

그 존재를 부정하기 위해서 소교주를 직접 만나려 했던 선우초린이었다.

그런데 무언가 조금 이상하긴 했지만 상대방을 인정하고 있으니 마음이 번잡해진 것이다.

문득 공손아리의 얼굴이 보고 싶어졌다.

선우초린은 울적한 얼굴로 공손아리가 있는 숙소를 향해 발걸음을 옮겼다.

* * *

초혜정으로 돌아온 초류향은 사흘 동안 바쁜 시간을 보내야만 했다.

즉위식이 있었기 때문이다.

소교주로 정식으로 인정받는 즉위식.

그것은 교의 호법들 지휘 아래 그 어느 때보다도 가장 완벽하고 성대하게 준비되어 가고 있었다.

그리고 드디어 즉위식이 있는 그날.

초류향은 흑룡포(黑龍布)를 몸에 걸치고 황금 무늬가 그려진 고급스러운 적장화(赤長靴)를 신었으며 머리에는 소교주의 신분을 상징하는 황금색 작은 관을 둘러썼다.

몸에 걸치고 있는 요대와 장신구 등등, 모든 것들이 값비싼 최상급 품들뿐이었고, 그것들은 오로지 오늘 하루, 소교주가 되는 초류향을 위해 존재하는 물건들이었다.

"그렇게 차려입으니 제법 그럴싸하구나."

공손천기는 즉위식 직전 대기하고 있는 초류향에게 찾아와 웃음 지었다.

오랜만에 보는 것이다.

그동안 공손천기 역시 여러 가지로 바빴기 때문에 초류향을 찾지 못했었다.

이제야 겨우 그 일들이 마무리되어서 시간이 난 것이다.

초류향은 공손천기를 바라보며 한숨 섞인 말을 내뱉었다.

"걸치고 있는 것들이 너무 고급이라 마음대로 움직이지도 못하겠습니다. 솔직히 이런 거추장스러운 것들을 하는 이유를 잘 모르겠습니

다.”

“아아, 처음에는 다들 그렇게 생각하지. 이제부터라도 고급스러운 것에 익숙해지는 편이 좋을 게다. 지겨울 정도로 그런 것만 써야 하거든.”

초류향은 고개를 저었다.

이건 도무지 적응될 것 같지 않았다.

너무 비효율적인 것이다.

공손천기는 그런 초류향을 살펴보다 눈을 빛내었다.

“그나저나 얻은 것이 있구나. 눈빛이 달라졌다.”

초류향은 공손천기를 바라보았다.

이걸 무어라 설명해야 할까?

잠시 생각하던 초류향은 그저 씨익 한 번 웃어 주었다.

백 번의 말보다 그 자신만만한 미소 한 방에 공손천기는 초류향이 얻은 것이 결코 작지 않음을 알았다.

“오호라. 어찌어찌 련은 돌파한 모양이구만. 제법이네.”

“기연이 있었습니다.”

“기연이라······.”

공손천기는 알 듯 모를 듯한 미소를 그려 보였다.

과연 제갈량이라는 영감탱이가 한 짓이 그래도 꽤 효과가 있었던 모양이다.

그게 기연이라면 확실히 기연일 것이다.

‘그런데······.’

그의 제자는 자신이 제갈량이라는 존재를 아직도 모르고 있다고 생각하는 것 같았다.

공손천기는 속으로 음흉하게 웃었다.

아직은 그 비밀을 밝힐 생각이 없었다.

천천히 녀석이 말하길 기다려 보는 것도 제법 즐거운 일이 아닌가?

'원래 맛있는 건 제일 나중에 먹는 법이지.'

공손천기는 그렇게 만족스러운 웃음을 한 번 지어 보이곤 초류향에게 불쑥 말했다.

"그럼 이제 수라환경도 배워 보도록 하자."

초류향은 눈을 깜빡거렸다.

너무 빨랐다.

아직 월인도법도 제대로 소화하지 못했는데 다른 것을 배워도 되는 것일까?

그런 의문들을 알고 있는 것인지 공손천기가 말했다.

"지금이 제일 좋은 시기다. 네 몸이 어느 정도 완성되었으니 이보다 좋을 수가 없지."

공손천기는 집게손가락으로 멀리 떨어져 있는 초류향의 머리부터 다리까지 한 번 스윽 훑어 내리며 말했다.

"수라환경은 월인도법처럼 차분한 놈이 아니다. 지나치게 흉폭하고 야만스럽지. 본래도 그랬던 녀석을 내가 더더욱 야성적으로 바꿔놓았다. 그걸 익히면 아주 재미있을 게다."

초류향은 공손천기의 입가에 그려져 있는 장난스러운 미소를 보며 불안한 웃음을 지어 보였다.

다툼을 싫어하고 피를 좋아하지 않는 그의 스승은 상대적으로 남을 괴롭히면서 즐거움을 찾는 부류였다.

그리고 당하는 입장에서는 항상 그것이 끔찍한 괴로움이 되었다.

'견딜 수밖에 없겠군.'

애초에 초류향이 결정한 길이다.

거기에 어떤 변명이나 핑계를 댈 순 없었다.

"아직도 강해지고 싶은 마음에는 변함이 없느냐?"

"예. 강해지고 싶습니다."

지금보다 더.

그 누구에게도 지지 않을 강함을 얻고 싶었다.

그런 열망이 하루하루 커지고 있는 것이다.

"강해져서 무얼 하고 싶으냐? 단순히 복수? 하면 복수를 끝내 놓고 서는 무얼 하고 싶은 게냐?"

공손천기의 질문에 초류향은 생각했다.

강해지고 나서 무얼 하고 싶은 것일까?

복수라는 목적을 이루고 나면 그 뒤에는 뭐가 있지?

초류향의 머릿속에 온갖 생각들이 가득해졌다.

그런 제자를 바라보며 공손천기가 웃었다.

"네가 보는 나는 어떠하냐?"

어떠하냐니?

무슨 질문일까?

초류향은 고요한 눈으로 그의 스승을 바라보았다.

근래에 들어 스승의 대단함을 온몸으로 느끼고 있는 중이었다.

천마신교라는 작은 나라.

그 나라를 아무런 불협화음 없이 완벽하게 이끌고 있는 가장 완벽한 지도자였다.

게다가 그에게는 항상 여유가 있었다.

아무리 힘든 상황이 닥쳐도, 그 누구보다도 현명하게 전체를 이끌고 나가는 것이다.

이것은 누구도 흉내 낼 수 없는 공손천기의 위대함이었다.

"제가 닮고 싶은 사람입니다."

초류향의 대답에 공손천기는 웃었다.

가식이 조금도 섞여 있지 않은 진정으로 행복한 웃음이다.

"나는 말이다, 제자야. 근래에 몹시 행복하다."

"……."

의외의 대답.

항상 귀찮다고, 번거롭다고 투덜거리던 그에게서 이런 말을 듣게 될 줄이야.

초류향이 가만히 말을 경청할 때 공손천기가 초류향의 어깨를 가볍게 털어 주며 입을 열었다.

"무언가를 선택하고자 할 때, 남들에게서 그 기준을 찾지 마라. 남들의 눈치도 보지 마라. 모든 일을 행함에 있어서 그저 네가 행복할 수 있을까, 그것만을 생각해라. 지독하게 이기적인 놈이 되어야 한다. 그래야 나처럼 될 수 있다."

오만하고 지독할 정도로 독선적인 말이었다.

하지만 제자에게 이런 말을 해 주는 사람이, 그것도 가르침으로서 해 주는 사람이 세상에 얼마나 있을까?

이것은 천하에 오직 공손천기만이 할 수 있고, 해 줄 수 있는 말이었다.

그는 진짜 그러했으니까.

"곧 있으면 천하에서 가장 위대한 사람의 정식 제자가 되는 거다."

초류향은 얼굴을 붉히며 고개를 돌렸다.

"……스승님이 대단한 사람인 것은 분명 맞지만 본인의 입으로 그런 이야기를 하는 게 민망하지도 않으십니까?"

공손천기는 고개를 갸웃거렸다.

"사실을 말하는데 민망해할 필요가 있느냐?"

"……."

초류향은 생각했다.

다른 것은 몰라도 적어도 이런 부분만큼은 닮고 싶지가 않았다.

'아니, 애초에 닮으려 해도 할 수 없는 것이겠지만.'

그가 이런 말을 한다면 어색한 분위기가 될 것이다.

하지만 공손천기는 지나치게 자연스러웠다.

공기가 당연히 이곳에 존재하는 것처럼 어색함이 없는 것이다.

"이제 시작이다. 가 보자."

초류향은 고개를 끄덕였다.

드디어 시작된 것이다.

앞으로 초류향이 걸어가야 할 분명한 길.

그것이 오늘 하루에 가장 확실하게 결정되는 것이다.

"너를 위해 내가 직접 특별한 선물도 준비해 놓았다."

특별한 선물?

원래가 엉뚱한 스승님이니 덜컥 불안한 마음부터 들었다.

초류향이 궁금함이 가득한 얼굴로 그의 스승을 바라보았지만 되돌아오는 것은 음흉한 웃음뿐이다.

"미리 알면 재미없지 않겠느냐? 참을 줄도 알아야지."

"……아까 먹은 게 얹힐 것 같습니다."

초류향이 거북스러운 얼굴을 해 보이자 공손천기는 결국 입술 끝을 실룩이며 웃어 버렸다.

제자가 정말로 불안해하는 게 보였기 때문이다.

그리고 사실 그의 선물은 제자가 불안해할 만한 것이기도 했다.

잠시 후, 즉위식에서 그 실체를 마주하고 초류향은 아랫입술을 잘근잘근 깨물었다.

'이거였구나.'

수많은 사람들의 환호와 축하 속에서 즉위식은 성대하게 진행되었다.

하지만 초류향은 주변의 그런 것들은 하나도 눈에 들어오지 않았다.

오로지 한 사람.

그 한 사람만이 눈에 들어온 것이다.

'아버지……'

상석에 놓여 있는 귀빈들의 자리.

그곳에 앉아 있는 익숙한 사람.

초류향의 아버지 초무령이었다.

그가 만감이 교차하는 복잡한 표정으로 초류향을 응시하고 있었다.

『선물은 마음에 드느냐?』

초류향은 갑작스럽게 들려온 전음에 그의 스승님을 바라보았다.

제자의 그 사나운 시선에 공손천기는 헤벌쭉 웃어 보였다.

'역시 반응이 재미있단 말이야.'

싫어하는 걸 알면서도 재미 때문에 멈출 수가 없는 것을 보면 아무래도 이런 쪽으로 철이 덜 든 모양이었다.

'뭐, 이런 것도 나쁘지 않지.'

철이 덜 들어서 좋은 점도 있는 법이다.

공손천기는 그렇게 뻔뻔하게 생각하며 시선을 돌려 저 먼 곳을 응시했다.

즉위식이 벌어지고 있는 일월대전(日月大殿).

그 입구 쪽으로 시선을 돌리자 부러움이 가득한 표정으로 이곳을 바라보고 있는 노진녕이 보였다.

'저놈도 제법 재미있는 놈이지.'

세상에는 정말 별별 재미있는 놈들이 많은 것 같았다.

사실 공손천기는 초류향을 만나기 직전 노진녕을 만났었다.

사형인 권광민의 부탁도 있고, 그도 사실 호기심이 생겼기 때문이다.

그리고 노진녕을 처음으로 대면하는 순간.

공손천기는 눈을 깜빡이며 몇 번이고 그를 살펴보아야만 했다.

"네 수준으로 어떻게 화경의 경지에 올라간 거지?"

그게 공손천기의 첫 질문이었다.

이해가 잘 되지 않았다.

적어도 그가 보는 기준에서 노진녕은 결코 화경에 오를 수 있는 자질이 없었기 때문이다.

초류향과는 다르지만 공손천기 역시 사람의 근본을 꿰뚫어 보는 눈을 가지고 있었다.

본래부터 그런 재능이 있었는데 수행에 수행을 거듭하면서 그것을 더더욱 날카롭고 예리하게 갈고닦은 것이다.

그런 그의 기준에서 봤을 때, 노진녕은 결코 화경의 고수가 될 수 없었다.

자질이 부족한 것이다.

그런데 믿을 수 없게도 노진녕은 화경의 고수가 되어 있었다.

이 말도 안 되는 괴리감에 공손천기는 몇 번이고 눈을 깜빡이며 확인을 한 것이다.

"내 부족한 제자일세."

"……."

공손천기는 사형의 말에 대답하지 않고 노진녕을 뚫어져라 바라보며 깊은 생각에 잠겼다.

그의 기준을 벗어나는 인간을 보는 것은 정말이지 오랜만이었다.

신기함도 있었지만 이것은 그에게 있어서 신선한 충격이었다.

무언가가 근본부터 잘못되지 않은 이상 그의 판단은 결코 빗나가는 적이 없었는데 이번 것은 정말 의외의 일이지 않은가?

"어떻게 화경이 된 거지……."

공손천기는 생각에 생각을 거듭했다.

사람은 본래 태어날 때부터 고유의 자질을 타고나며 그것에는 사람마다 서로 다른 한계가 있다.

그 자질은 대개 어떤 한 분야에 국한되지 않고 고르게 퍼지기 때문에 상당 부분 유실되거나 쓸모없이 낭비되곤 한다.

'설마⋯⋯.'

무공이라는 한 분야에 모든 능력이 집중되어 버린 것일까?

그런 게 가능한 건가?

의문이 들었지만 노진녕을 보는 순간 고개를 끄덕였다.

'아무래도 가능한 모양이다.'

다른 곳으로 능력이 하나도 유실되지 않고 오로지 무공에만 집중되어 있다면 가능한 모양이다.

하나 그렇다는 말은 무공을 제외한 다른 모든 것에 무능력하다는 말과 다름이 없지 않은가?

'이거 정말 재미있군.'

해답이 내려지자 공손천기의 입가에는 웃음기가 맴돌았다.

눈앞에 있는 놈은 진짜 재미있는 놈이었다.

신기하다는 얼굴로 살펴보고 있는데 그 재미있는 놈이 불쑥 입을 열었다.

"교주가 되고 싶습니다."

"응?"

"교주가 되려고 화경의 고수가 되었습니다."

이게 무슨 소리지?

공손천기가 의문을 가득 담아 그의 사형을 바라보았을 때 사형 권광민은 민망해하는 얼굴로 공손천기의 눈을 피했다.

그제야 모든 상황이 이해가 된 공손천기였다.

슬그머니 입가에 웃음기를 머금으며 공손천기가 말했다.

"지금 교주가 되고 싶다고 했느냐?"

"예. 교주님."

"그럼 교주가 되면 뭘 하고 싶으냐?"

교주가 되면 뭘 하지?

순간 노진녕은 얼빠진 얼굴을 해 보였다.

그저 막연하게 교주가 되고 싶다고만 생각해 왔었다.

교주가 되면 모든 것을 할 수 있다고 단순하게 생각했기 때문이다.

그런데 정말 뭐가 하고 싶었던 것일까?

공손천기의 질문은 가장 근본적인 질문이었고, 노진녕은 그 질문에 대답하지 못했다.

거기까지는 생각해 본 적이 없었기 때문이다.

"교주가 되면 뭐든 할 수 있지. 너는 단순히 그것 때문에 교주가 되고 싶었던 것이냐?"

"……예."

그랬다.

뭐든지 할 수 있으니까 교주인 거다.

모든 권력의 정점.

화려함의 상징이 아닌가?

공손천기는 그런 노진녕의 생각을 읽었음인지 고개를 저으며 말했다.

"그렇다면 너는 교주가 될 수 없다. 교주라는 것은 뭐든 할 수 있지만 반대로 혼자서는 아무것도 할 수 없는 존재거든."

"……."

"교주라는 게 혼자서 할 수 있는 게 아니지 않느냐? 너는 수만 명의 사람들을 이끌어 나갈 자신이 있느냐? 그들의 배를 곯지 않게 해 주고, 삶을 풍요롭게 만들어 줄 자신이 있느냔 말이다."

"……."

노진녕은 대답하지 못했다.

그저 화려하고 멋있어 보인다는 단순한 이유 때문에 교주가 되고 싶었고, 아무 생각 없이 그것을 목표로 삼았다.

교주라는 직위에 따르는 여러 가지 책임들까지 고려하면서 교주가 되고 싶어 했던 게 아닌 것이다.

어디까지나 단순한 바람이었을 뿐.

그런 마음을 읽었기에 공손천기는 속으로 웃었다.

'어린아이 같은 놈이구만.'

열 길 물속은 알아도 한 길 사람 속은 모른다는 말이 있다.

그런데 이 녀석만은 예외인 듯했다.

처음 보는 것인데도 녀석이 생각하고 있는 것이 그대로 생생하게 전해져 왔다.

그야말로 단순함의 극치인 것이다.

이 녀석을 보고 있으니 계속 웃음이 나왔다.

그러다 문득 제자인 초류향의 얼굴이 머릿속에 떠오르고, 이놈을 그 옆에 세워 두니 제법 재미있는 그림이 눈앞에 그려졌다.

"교주가 되면 내가 말했던 모든 것들을 책임져야만 한다. 너는 할 수 있겠느냐?"

노진녕은 한참을 생각하다가 곧 풀 죽은 얼굴로 고개를 저었다.

불가능했다.

그런 복잡한 일을 할 자신이 없었던 것이다.

그때 공손천기가 입을 열었다.

"교주가 되진 못하더라도 어지간한 건 마음먹은 대로 하면서 살 수 있는 방법이 있긴 있다. 한번 해 보겠느냐?"

노진녕은 눈을 반짝이며 공손천기를 바라보았다.

그 순간 공손천기는 속으로 미소 지었다.

그의 생각대로 그림이 그려지는 것이 느껴졌기 때문이다.

그것은 꽤나 즐거운 일이었다.

차후 천마신교의 미래에 막대한 영향을 끼치는 공손천기의 그림이 여기에서부터 시작되었다.

第十章

초무령의 선택

초류향은 눈앞에 놓인 찻물이 식을 때까지 아무 말도 하지 못했다.

그것은 그와 마주하고 있는 초무령.

그의 아버지 역시 마찬가지였다.

둘은 마주한 채로 한참 동안 침묵하고 있었다.

그렇게 얼마의 시간이 흐른 것일까?

먼저 입을 연 것은 아버지 초무령이었다.

"우선 축하……해야겠구나."

어렵사리 입을 열었다.

하지만 그 음성 속에 담겨 있는 미세한 떨림은 숨길 수가 없었다.

초류향은 어색한 얼굴을 해 보였다.

즉위식이 끝나고 곧장 와서였을까?

겹겹이 걸치고 있는 화려한 옷들이 지금 이 순간 몹시도 거추장스럽게 느껴졌다.

숨이 막힐 만큼 갑갑했던 것이다.

'곤란하다.'

초류향은 아버지가 얼마나 사도(邪道, 올바르지 않은 길)를 싫어하는지 알고 있었다.

그래서 지금의 이 상황이 몹시도 힘들었다.

'하지만 내 길은 틀리지 않았다.'

아버지의 기준에서는 분명 천마신교가 올바르지 않은 것처럼 느껴질 것이다.

이해했다.

강호에서의 소문이 그러했으니까.

천마신교의 고수들은 모두 음행(淫行, 음란하거나 도리에 어긋나는 행동)을 즐기고 살인을 취미처럼 행하는 악당들이라 여겨지고 있었다.

하지만 실상은 전혀 달랐다.

천마신교는 그들만의 확실한 기준을 가지고 떳떳하게 움직이고 있었던 것이다.

교주인 공손천기만 보아도 그것은 확실하게 알 수 있었다.

우두머리가 그러한데 밑에 있는 다른 사람들은 어떻겠는가?

초류향은 아버지에게 그것들을 가르쳐 드리고 싶었다.

자신의 선택이 옳았음을 알려 드리고 싶었던 것이다.

하지만 머릿속에 가득했던 그 정당한 이유들은 결국 입 밖으로 내뱉지 못했다.

그를 바라보는 아버지의 눈빛에서 분노나 질책이 아닌 연민과 안타까움을 읽었기 때문이다.

그 눈빛을 마주하는 순간 초류향은 준비해 놓았던 수많은 말들이 아무 소용 없음을 깨달았다.

어떤 말도 꺼낼 수가 없었던 것이다.

겨우내 얼었던 눈이 봄 햇살에 녹는 것처럼 마음속에 가득했던 생각들이 사르륵 녹아내렸다.

그렇게 녹아내린 마음 사이로 아버지의 음성이 따뜻하게 스며들었다.

"힘들었겠구나."

"……."

아버지는 다만 아들을 걱정하고 계셨다.

복잡한 주변의 정세를 따지면서 스스로의 안위를 염려하는 것이 아니라, 순수하게 아들인 초류향을 걱정하고 그 입장을 이해하고 계셨던 것이다.

초류향은 그 앞에서 고개를 들 수 없었다.

아버지의 입장을 이해하고 그 생각을 읽고 있다고 여기고 있었지만 그것은 그저 그의 착각에 불과했다.

지금은 그저 죄송스러운 마음만 생겼다.

"네 덕분에 천마신교라는 곳도 와 보고…… 좋은 경험이 되는구나."

초무령은 아들의 어두운 얼굴을 보며 애써 다른 이야기로 화제를 돌렸다.

그의 아들이 어른스럽고 생각이 깊다고 여겼지만 어디까지나 그것은 또래들에 비해서다.

그의 아들은 아직 어리다.

그랬기에 이 세상이 얼마나 험악한지, 얼마나 추잡한 것들이 그 이면(裏面)에 숨어 있는지 아직 모르는 것이다.

물론 천마신교가 그러하다는 것은 아니다.

'하지만······.'

사실 지금 초무령은 초류향이 아닌 천마신교에 화가 많이 나 있었다.

단순히 어린아이의 결정만을 믿고, 그 부모에게 뜻을 묻지 않은 천마신교에게 화가 나는 것은 어쩔 수 없는 일이었으니까.

하나······.

'너무 늦었다.'

초무령은 마음속에 들끓는 이 모든 감정을 일단 가슴속에 묻어 두기로 했다.

그런 것을 따지기도, 돌이키기도 이젠 상황이 너무 늦었다는 것을 알고 있을뿐더러 여기에서 그 혼자 이런 이야기들을 해 봐야 상황이 오히려 악화될 것임을 모르지 않았기 때문이다.

초무령은 결코 그런 어리석은 사람이 아니었다.

"어머니가 걱정하고 계신다. 한 번쯤은 집으로 돌아가 안부를 전하는 것이 도리겠지만······ 아무래도 힘들어 보이는구나."

마차로 오는 동안 엄승도라는 마인에게 이야기는 대충 들었다.

소교주라는 자리는 상징적인 자리가 아니라 실질적으로 교에 막강한 영향력을 행사할 수 있는 위치라고 했다.

그 때문에 함부로 외부에 나갈 수가 없는 것이다.

적어도 무공을 완성해서 스스로의 몸을 돌볼 수 있을 때까지는.

만에 하나 소교주의 신변에 문제가 생기면 그거야말로 큰일이기 때문이다.

"나는 네가 상인으로 성공하기를 바랐다."

초무령은 아들을 바라보며 씁쓸하게 웃었다.

그의 아들은 어렸을 적부터 계산에 밝았다.

또 금전(金錢, 돈)의 흐름을 읽어내는 감각이 탁월했다.

복잡한 숫자나 수식에도 강했기 때문에 상인으로서 그 성공 가능성이 대단히 높다고 생각했다.

"그런데 무림인이 될 줄이야……."

세상일은 역시 뜻한 대로 흘러가는 법이 없었다.

재능이 있는 일과 하고 싶은 일은 얼마든지 달라질 수 있는 법이다.

다만 말할 수 없을 만큼 진한 아쉬움이 초무령의 입 안에서 맴돌 뿐이었다.

"교주는 어떤 사람이더냐? 한번 만나 보았으면 한다만 너무 바쁜 듯하구나."

"……일이 마무리되는 대로 오신다고 했습니다."

즉위식의 뒷마무리를 죄다 공손천기가 하고 있었다.

주인공도 없는 그 자리에서 공손천기가 동분서주하고 있는 것이다.

오로지 초류향과 그의 아버지를 위한 시간을 만들어 주기 위해서였다.

"네가 보는 그는 어떤 사람인 것 같으냐?"

초류향은 안경을 매만졌다.

이것은 얼마 전에 스승님에게 들었던 질문과 비슷했다.

그랬기에 고민도 하지 않고 대답할 수 있었다.

"제가 닮고 싶은 사람입니다."

"……."

초무령은 아들의 표정에 담겨 있는 감정을 읽고 고개를 끄덕였다.

그것은 존경과 확신이었다.

"기대가 되는구나."

"예, 기대하셔도 좋습니다."

자신만만한 아들의 대답에 초무령은 살짝 놀란 얼굴을 해 보였다.

그의 아들은 어릴 때부터 너무 계산적이었기에 사람들에게 쉽게 마음을 열지 않았다.

겉으로 드러내려 하지 않았지만 속으로 이것저것 따지는 것이 많았기 때문이다.

그런 아이가 저런 대단한 신뢰감을 보여 주는 사람이라면 분명 무언가가 있는 것이다.

'소문을 믿을 수 있으려나…….'

초무령은 안경을 매만지며 생각에 잠겼다.

강호에 떠도는 소문들은 교주를 반쯤 '신'적인 존재로 포장하고 있었다.

물론 좋지 않은 방향의 신적인 존재였지만.

그 소문들을 최대한 거르고 걸러서 정말 쓸모 있어 보이는 것만 취합해 가지런히 늘어놓아도 믿기 힘든 사실투성이었다.

하늘을 걸었다느니[허공답보, 虛空踏步], 격공장(隔空掌, 먼 거리를 둔 채 쓰는 장풍)을 썼다느니 하는 것은 그나마 가능성이 있어 보였다.

이 부분에 대한 소문들은 제법 구체적이었기 때문이다.

그런데 반로환동(返老還童, 노인이 다시 아이로 변함. 육체가 젊어짐)을 했다든가 하는 부분은 영 미덥지 않았다.

'그러고 보니 교주는 대체 몇 살쯤 된 것일까?'

고수들은 그 무공의 경지에 따라 다르지만 대체적으로 신체 나이를 대단히 늦게 먹는 편이다.

초무령의 머릿속이 갑자기 여러 가지 궁금증들로 가득해졌다.

일단 이 어쩔 수 없는 상황을 받아들이려고 마음먹자 호기심이라는 것이 그 빈자리를 채운 것이다.

'빨리 교주가 보고 싶군.'

반면에 초류향은 초무령과는 조금 다른 이유로 그의 스승을 기다리고 있었다.

지금의 이 곤란한 상황과 난감한 설명들은 그의 스승이 오면 한 방에 해결될 수 있다고 여긴 것이다.

공손천기의 실체를 알고 그의 대단함과 그가 가지고 있는 깊은 생각들을 접하면 초류향의 선택이 틀린 것이 아니었음을 아버지가 순순히 이해해 주실 것이라 여긴 것이다.

'스승님을 믿습니다.'

그렇게 마음먹고 속으로 생각하고 보니 문득 불안감이 고개를 쳐들었다.

초류향은 순간 얼굴을 찡그리며 고민했다.

공손천기 특유의 장난기에 생각이 미치자 갑자기 몹시도 불안해졌기 때문이다.

그렇게 초무령과 초류향 부자는 각자 다른 생각을 하며 공손천기를 기다리고 있었다.

*　　*　　*

소교주의 즉위식은 천마신교의 행사 가운데 가장 중요하고도 성대한 행사였다.

모두가 행복하고 좋아해야 할 이때에 지극히 냉정한 눈으로 즉위식을 지켜보는 두 쌍의 눈이 있었다.

"어떻게 보았느냐?"

"뭘요?"

"모르는 척하지 말거라. 오늘 네가 죽여야 할 대상을 어떻게 보았느냐는 말이다."

소년.

아니, 이제 막 소년티를 벗고 청년이라 불려야 할 사내는 쓰게 웃으며 대답했다.

"저런 꼬마가 제 적이라니 그냥 슬프네요. 귀엽게 생겼는데."

"얕보지 마라. 교주가 선택한 아이다."

"예. 얕보지는 않죠. 저 대단한 교주님께서 선택했으니까."

청년.

그는 흘러내리는 앞머리를 뒤로 쓸어 넘기며 흐릿하게 웃었다.

"솔직히 말씀드려도 돼요?"

"뭐냐?"

"전 할아버지의 추잡한 뒷거래에 이용되기 싫어요."

단리세가의 가주.

단리무한은 얼굴을 찡그렸다.

그의 손자이자 가문에서 가장 뛰어난 재능을 지닌 아이.

단리후(段里后).

그는 붉으락푸르락해지는 할아버지의 얼굴을 똑바로 응시하며 재미있다는 듯이 웃었다.

"전 저기 화려한 옷을 입고 있는 꼬맹이처럼 누군가의 장난감이 아니에요. 쉽게 휘두를 수 있을 거라 생각하셨다면 그거야말로 큰 착각이죠."

"……."

"저희가 비록 혈족(血族) 관계라고는 하지만 할아버지는 저희 아버지를 장애가 있다고 뒷방에 밀어 넣고 솔직히 신경 쓰지도 않으셨잖아요? 그러다 제가 가진 재능 때문에 갑자기 아버지에게 신경 써 주시는 척하시는데…… 진심으로 많이 역겨워요, 할아버지."

"네, 네 이놈……."

단리무한이 전신을 가늘게 떨며 분노했지만 감히 이곳에서 그것을 터트리진 못했다.

이곳.

일원대전에서 지금 성질대로 발작한다면 그의 체통에 심각한 문제가 생기는 것이다.

그 사실을 누구보다도 잘 알고 있는 단리후였기에 아까부터 시종일관 생글생글 웃으며 입을 열고 있었다.

"서로 이해관계가 맞으니 일단 이번 일은 할아버지 뜻에 따를게요. 하지만 저에게 그 이상을 바라진 마세요."

단리후는 그 특유의 웃음을 얼굴에 그리며 그의 할아버지를 응시하며 말했다.

"우리 사실은 그렇게 친한 사이 아니잖아요? 안 그래요?"

단리무한은 가까스로 화를 억눌렀다.

그리고 차분한 얼굴로 그의 손자를 바라보았다.

"……그렇게 막말을 할 정도면 자신은 있는 거겠지?"

낮게 이를 가는 듯한 목소리.

하지만 단리후는 웃었다.

환하게.

감히 자신을 어쩌지 못한다는 사실을 잘 알고 있었기 때문이다.

"제 능력이 어떤 건 줄 잘 아시면서 그런 이야기를 하시나요."

단리무한은 비릿하게 웃었다.

"좋다. 네 녀석이 나에 대해 서운한 감정이 많이 있는 건 잘 알고 있었다. 이 정도일 줄은 몰랐던 게 내 실책이겠지. 그러니 네 뜻대로 하자. 이건 계약이다. 가족이니 뭐니를 떠나서 그렇게 하는 것이 편하겠지?"

"예. 그게 서로가 편하죠. 감정도 쌓일 리 없고."

단리후는 팔짱을 끼며 생글거렸다.

사실은 속이 뒤틀렸지만 웃었다.

이제는 웃는 걸 제외하면 다른 감정 표현은 하기 어려웠으니까.

지금 그의 할아버지를 비롯한 근방에 있는 사대 세가의 가주들의 몸에서 역겨운 냄새가 진동을 했다.

더러운 음모가 꿈틀거리는 것이다.

하지만 어쩔 수 없었다.

그 역시 이 추잡한 진흙탕에 이미 발을 담가 버렸으니까.

아무리 이들을 욕하고 미워하더라도 자신도 한통속이라는 것은 부정할 수가 없는 것이다.

'부디 성년이 되는 그날까지 안전하게 무럭무럭 자라세요, 소교주님.'

단리후는 천마신교 역사상 가장 화려한 즉위식을 하고 있는 소교주 초류향을 바라보며 속으로 기다렸다.

그의 특별한 능력으로 저 꼬마가 최대한의 꽃을 피웠을 무렵.

그 꽃을 꺾어 버릴 것이다.

그것이 단리후.

그의 숙명이었다.

*   *   *

공손천기는 즉위식의 뒷마무리가 끝난 후 한잔하라고 끈덕지게 엉겨 붙는 우 호법, 주 호법 등 여러 호법들을 떨쳐 내느라 진땀을 빼야만 했다.

겨우겨우 그들을 제쳐 놓고 나오는데 길목에 누군가가 서 있었다.

그를 보자마자 공손천기는 한숨 섞인 푸념부터 내뱉었다.

"약쟁이 영감까지 나한테 볼일 있었어? 오늘은 좀 봐주라. 나 힘들다."

선우조덕은 진절머리를 내는 공손천기를 보며 너털너털 웃었다.

"식충이들을 떨궈 내느라 고생하셨습니다."

"그래, 고생했지. 늙은이들이 힘은 좋아서…… 앞으로 십 년은 무병장수하겠더만."

"원래 그 늙은 놈들이야 앞으로 몇십 년은 거뜬하겠지요."

"젠장, 역시 그렇겠지? 근데 여기서 날 기다린 이유가 뭐야? 나 술은 먹을 만큼 먹었다. 배가 불러서 더는 못 마실 정도니까."

공손천기는 자신의 빵빵해진 배를 내보이며 앓는 소리를 냈다.

"제자 하나 때문에 이런 무식한 짓까지 하게 될 줄은 몰랐어. 술만 배가 부를 정도로 마실 줄이야……."

"취하지 않으셔서 다행입니다. 그래도."

"날 취하게 할 술은 세상에 없지."

공손천기가 피식 웃자 선우조덕도 같이 웃어 주었다.

그러다 선우조덕은 주변을 살피며 은밀하게 입을 열었다.

"긴히 드릴 말씀이 있습니다."

공손천기는 선우조덕의 태도에서 그가 무언가 초조해하고 있다는 걸 알아차렸다.

그 기색을 읽은 공손천기는 천천히 주변을 둘러보며 입을 열었다.

"그냥 말해도 돼. 내 사람밖에 없다, 여긴."

주변에 있는 친위대는 공손천기의 심복이었다.

그들뿐이니 어떤 이야기든 해도 괜찮다는 표현.

하지만 선우조덕은 고개를 저었다.

"저희…… 집안의 치부에 관한 이야기입니다."

"선우가(家)?"

"예."

공손천기는 입맛을 다셨다.

이것은 비밀 유지 문제를 떠나서 한 집안의 일이었다.

이런 것은 남들에게 말하는 것 자체가 부끄러운 일일 터.

"들었지? 잠깐 애들 데리고 자리를 비켜 줘라."

『존명.』

임학겸이 마라천풍대의 인원들을 데리고 신속하게 사라지자 공손천기는 선우조덕을 바라보았다.

"이제 말해도 돼."

주변에는 공손천기와 선우조덕밖에 없었다.

그 사실을 알게 된 뒤로도 선우조덕은 말을 꺼내기 망설였다.

"속 시원하게 말할 것도 아니면서 왜 자리를 마련해 달라고 한 거야."

가까운 담벼락 위로 자리를 옮긴 공손천기가 털썩 앉으며 투덜거리자 선우조덕은 그제야 한숨을 내쉬곤 입을 열었다.

"본 교 내부에 불온한 움직임이 있습니다."

"불온한 움직임?"

"예. 소교주님의 안위가 걸린 일입니다."

선우조덕이 결심한 얼굴로 입을 열자 공손천기는 그를 빤히 쳐다보았다.

"그리고 그 불온한 움직임이라는 게 선우가와 관련이 있다?"

"……부끄럽게도, 제가 집안 단속을 잘 못하였습니다."

선우조덕이 죄송스러운 얼굴로 고개를 들지 못하자 공손천기는 피식 웃었다.

"사대 세가가 연합해서 일을 꾸미고 있는 걸 말하는 모양이구만."

"……알고 계셨습니까?"

선우조덕이 깜짝 놀란 얼굴로 묻자 공손천기는 선선히 고개를 끄덕였다.

"짐작은 하고 있었지. 예상도 했었고. 나도 눈과 귀가 있는 사람이거든."

"가문의 한 사람으로서 면목이 없습니다."

선우조덕이 시종일관 미안해하는 얼굴로 고개를 숙이자 공손천기는 짜증스러운 얼굴을 해 보였다.

"자네가 무슨 잘못을 했다고 고개를 못 들어?"

"염치없는 부탁이지만, 부디 선처를……. 어리석은 녀석들입니다. 넓은 아량으로 용서해주시길 바랍니다."

사전에 작당한 것을 공손천기가 알았다면 이들의 수작질이 통할 가능성은 없다고 봐도 무방했다.

그들의 계획은 소교주를 죽이는 것.

생사비무라는 것을 핑계로 교의 미래를 없앨 생각을 하고 있는 것이다.

'더러운 수작.'

겉으로는 생사비무를 방패로 쓰고 있었지만, 그 실상은 더럽기 그지없었다.

어떻게 보면 반역죄에 가까운 것이다.

공손천기가 이런 것들을 빌미로 사대 세가를 쳐 내려고 한다면, 비록 여러 가지 내홍을 겪긴 하겠지만 쉽사리 몽땅 싸잡아 죽일 수도 있었다.

그만큼 현 교주 공손천기의 힘은 절대적인 것이다.

그런 우려들을 하고 있는 선우조덕에게 공손천기는 전혀 의외의 대답을 내뱉었다.

"그냥 모르는 척 지켜볼 생각이야."

"……예?"

이게 무슨 소리인가?

의아한 기색을 내비치는 선우조덕.

그를 향해 공손천기는 소매에서 과일을 하나 꺼내어 던져 주며 입을 열었다.

"그 녀석들이 어떻게 나올지 궁금하기도 한 것이 첫 번째 이유지만…… 사실은 보고 싶다는 게 더 결정적인 이유겠지."

과일을 받은 선우조덕이 얼떨떨한 얼굴로 대답했다.

"그놈들의 더러운 수작질을 보아서 무엇합니까? 놈들은 생사비무뿐만이 아니라 소교주님을 암살할 추잡한 계획도 짜고 있습니다."

공손천기는 소매에서 과일 하나를 꺼내어 입으로 한 입 베어 물며 웃었다.

아삭—

과육을 입으로 우물거리며 공손천기가 아무렇지도 않게 말했다.

"상관없어. 그리고 암살을 할 수 있으면 해도 좋겠지. 제법 나쁘지 않은 시도다."

"교주님!"

선우조덕은 빽 하고 소리치며 얼굴을 일그러뜨렸다.

농담이 너무 심하다 여긴 것이다.

그토록 소중한 후계자가 아닌가?

허무하게 잃을 생각인 것일까?

"약쟁이 영감은 내가 그렇게 바보로 보여? 영감이 생각하고 있는 것도 생각 못 할 만큼 단순한 녀석인가, 내가?"

선우조덕은 입을 다물었다.

아니었다.

세상 그 누구보다도 뛰어난 교주였다.

그러고 보니 사전에 모든 것을 알고 있다시피 했는데 왜 아무런 대책도 없었을까?

'분명 무언가를 해 놓았다는 뜻이렷다?'

운휘 녀석이 소교주님의 호위 무사가 되었다는 이야기는 이미 알고 있었다.

설마 그를 믿고 계신 걸까?

'아니야, 단지 그 녀석만으로는 부족해.'

화경의 고수가 희귀하고 특별한 존재인 것은 맞다.

하지만 사람 하나를 죽이는 데에는 수천, 수만 가지 방법이 있었다.

화경의 고수가 계속 붙어 다닌다 하더라도 그 모든 것을 다 막아 낼 수는 없었다.

그리고 사대 세가는 그 방면에 있어서는 그 누구도 따라오기 어려울 만큼의 선수들이었다.

초류향같이 아직 무공도 완성되지 않은 아이라면 실로 눈 깜빡할 사이에 죽일 수 있는 것이다.

지금 그렇게 하지 않는 것은 단지 주변의 시선이 두려워서일 뿐이었다.

특히 교주 공손천기의 눈을 무서워하는 것이다.

"나는 그 아이를 온실에 가둬 놓고 키울 생각 따윈 눈곱만큼도 없어. 언제까지고 내가 그 아이 옆에 있어 줄 순 없는 노릇이니까."

"……!"

"강호는 말이야. 지금 사대 세가가 작당하는 짓거리들보다도 훨씬 위험한 일들이 많은 곳이지. 사전에 미리미리 경험해 보는 것도 나쁘지 않을 거야."

"하면……."

선우조덕의 눈가에 감탄의 빛이 서렸다.

사자는 새끼들을 일부러 절벽에서 밀어 떨어뜨린다고 한다.

그게 진정 강한 사자로 키우기 위한 방법이 아니던가?

공손천기는 지금 그것을 생각하고 있는 것일 터.

"나는 오히려 사대 세가의 그 영감들에게 고마워하고 있어. 내가 해야 될 일을 대신 해 주려고 하니까. 그것도 아주 부지런하게 말이야. 그 나이에 쉽지 않은 일이지."

공손천기는 치아를 드러내며 킬킬 웃었다.

"하지만 만만치 않을 거야, 내 제자를 죽인다는 건."

"운휘 녀석을 너무 믿고 계신 것 아닙니까? 사대 세가의 힘은 화경의 고수 혼자서 감당할 수 있는 것이 아닙니다."

선우조덕의 우려 섞인 말에 공손천기는 피식 웃으며 대답했다.

"영감은 내가 믿고 있는 게 운휘 그 녀석인 것 같아?"

"그럼 다른 녀석이 있는 것입니까?"

소교주의 무공은 아직 완성되지 않았다.

아니, 아직 시작조차 하지 않은 것이다.

그렇다면 사대 세가가 작정했을 경우 막을 수 있는 방법이 없다.

"지금 그 아이가 살려고 작정한다면 내가 직접 손을 쓰지 않는 이상 죽일 수 있는 놈은 세상에 많이 없을 거야."

"……!"

"제법이라고, 그 녀석. 그러니까 이제부터 영감도 두 눈 크게 뜨고 잘 살펴보도록 해. 그 녀석은 백 년 만에 처음으로 강호에 월인도법을 재현하는 녀석이 될 테니까."

아삭—

입 안에서 씹히는 과일이 참으로 달았다.

진법에 관한 것은 굳이 말해 주지 않았다.

단지 이것만으로도 선우조덕은 벌써 입을 뻐끔거리며 놀란 얼굴을 해 보였으니까.

교주 공손천기.

그가 믿고 있는 것은 화경의 고수인 운휘도, 그리고 그들을 암중에서 지키고 있을 다른 호위 무사들도 아니었다.

소교주 초류향.

바로 그 자체를 믿고 있는 것이다.

"그러니까 약쟁이 영감은 가서 사대 세가의 늙은이들이나 도와줘 보도록 해. 혹시나 독을 쓴다면 그래도 가능할지도 모르겠다."

공손천기는 입 안의 과일을 우물거리며 선우조덕의 어깨를 가볍게 툭툭 쳤다.

그리고 그를 스쳐 지나가며 초류향이 기다리고 있을 초혜정으로 향했다.

선우조덕은 공손천기의 그런 뒷모습을 멍한 얼굴로 바라만 보고 있었다.

*　　　*　　　*

"초무령이라 합니다."

공손천기는 정중하게 읍을 해 오는 초류향의 아버지를 보며 잠시 고민했다.

평소처럼 하대를 하자니 상대방의 신분이 걸렸다.

기본적으로 외부 사람인 데다 제자의 아버지니 함부로 하기는 어려운 것이다.

그렇다고 존대를 하자니 이건 공손천기의 신분상 조금 애매했다.

신의 대리인이자 천마신교의 절대자가 아닌가?

'이거 곤란한데? 사부는 어떻게 했었더라?'

그런 사소한 문제를 속으로 고민하고 있을 때 초류향과 시선이 허공에서 마주쳤다.

세상의 온갖 걱정과 근심을 홀로 가득 짊어진 듯한 시선.

공손천기는 그 시선에 담긴 조마조마함을 읽은 후 피식 웃으며 읍을 했다.

"이 몸은 공손천기라 하외다."

초류향은 크게 안도했다.

다행히도 스승님이 그의 시선에 담긴 뜻을 이해해 주신 모양이다.

초무령은 공손천기의 읍을 받은 후 고개를 끄덕였다.

그의 생각보다 교주의 첫인상은 꽤나 좋았던 것이다.

'수천 명의 사람을 웃으며 때려죽인 희대의 마두(魔頭, 악마의 우두머리)라 들었거늘……'

소문은 역시 믿을 게 못 되었다.

서글서글한 인상에 여유로운 분위기가 가득한 사람이 아닌가?

"일단 자리에 앉아서 다과나 먹으면서 이야기하십시다."

공손천기가 자리를 권하자 다들 둥근 탁자를 중심으로 삼각형으로 자리를 잡고 앉았다.

그러다 초류향은 슬쩍 자리에서 일어나 아버지에게 조금 더 붙어서 앉았다.

그 모습이 보기 좋은 공손천기였다.

『걱정 마라. 안 잡아먹는다, 너희 아버지.』

초류향은 공손천기의 장난스러운 말투에 살짝 얼굴을 찌푸리며 무어라 하려고 했지만 옆에 아버지가 있으니 입을 열지 못하고 그저 뿌

루퉁한 얼굴을 해 보일 뿐이었다.

"일단 제 아들을 좋게 봐 주셔서 고맙습니다."

공손천기는 갑작스러운 초무령의 말에 헤벌쭉 웃던 웃음을 거두며 고개를 끄덕였다.

"뛰어난 아이요. 본 교의 역사상 외부에서 후계자를 찾는 것은 극히 이례적인 일. 그만큼 욕심나는 인재라는 뜻이 아니겠소? 참으로 훌륭한 아들을 두시었소."

아들 칭찬을 하는데 기분이 나쁠 사람은 없었다.

하물며 저런 말을 하는 사람이 당금 천하제일인이 아닌가?

그의 솔직담백한 칭찬에 잠시 동안 초무령은 표정 관리를 하지 못했다.

그만큼 공손천기의 말은 직설적이었고, 진심이 담겨 있었던 것이다.

그때 공손천기가 연달아 입을 열었다.

"혹여나 본 교에 대해 좋지 않은 감정이 있다면 이번 기회에 털어 버리시는 게 어떠시오? 본 교는 외부에 알려진 것처럼 사악한 집단이 아니오."

"음……."

초무령은 상대방이 핵심을 찔러오자 순간 당황했다.

바로 지금 그 이야기를 빙빙 돌려서 말하려 했는데 곧장 본론을 꺼낸 것이다.

대답을 생각하느라 정신없는 틈을 타 공손천기가 재빨리 다시 입을 열었다.

"사실 이건 극비지만 귀 공(公)이 본 교와 남이 아니니 솔직하게 말씀해드리리다. 본 교에서는 이번에 사천 진출을 모색하고 있소. 그 계획을 실행하기 위해서는 많은 물자를 신속하게 사천으로 옮겨야 할 필요가 있소만, 때마침 귀 공께서 표국을 운영한다고 하니 이건 정말 운명적인 일이라 생각되는구려."

초무령의 얼굴에 혼란스러워하는 기색이 어렸다.

대량으로 물자를 옮긴다고?

사천으로?

대체 천마신교가 왜?

"사천으로 진출한다는 게 무슨 뜻인지 알 수 있겠습니까?"

"말 그대로 아니겠소? 본 교가 이번에 사천으로 그 영역을 넓힐 생각을 하고 있소."

공손천기의 천연덕스러운 대답에 초무령은 심장이 튀어나갈 만큼 놀라 버렸다.

"그곳에는 지금 정도맹의 주요 세력들이 있지 않습니까?"

초무령의 질문에 공손천기는 씨익 웃었다.

"그들이 본 교를 막을 수 있다고 생각하시오?"

"……."

그렇다. 그들은 막을 수 없었다.

그것은 이미 한 번 증명되지 않았던가?

"설혹 정도맹의 전력이 몰려온다고 해도 본 교를 감당하기 어려울 판에 고작 사천에 있는 인원들만으로 무엇을 할 수 있겠소?"

초무령은 넋 놓은 얼굴을 해 보였다.

사천에 있는 정도맹의 인원은 대략 사천 명에 육박했다.

점창파와 사천당가. 아미파 등등.

정도맹의 주축인 그들의 거점이 거기에 있는 것이다.

이것은 기련산에서의 싸움과는 차원이 다른 문제였다.

아예 삶의 터전을 박살 내겠다는 소리와 다름이 없는 것이다.

너무도 어마어마한 정보를 들어서 지금 초무령은 정신이 하나도 없었다.

그때 그런 초무령을 보며 공손천기가 완전 쐐기를 박듯이 입을 열었다.

"본 교가 사천에 거점을 취할 때 귀공께서 도움을 주시면 감사하겠소. 어차피 창천표국은 사천에 있고 이제 우리는 더 이상 남이 아니잖소?"

"예에?"

남이 아니라는 공손천기의 말에 초무령이 자신도 모르게 얼빠진 소리를 내뱉을 때 공손천기는 빙긋 웃으며 준비해 온 문서를 꺼내어 앞으로 내밀었다.

"본 교의 모든 짐을 귀공이 운영하는 창천표국에서 운송해 주었으면 하오. 이것은 그 짐의 목록과 보상이오."

공손천기가 내미는 문서를 보며 초류향은 생각했다.

'처음부터 모든 걸 내다보고 계셨구나.'

그의 아버지가 어떤 반응을 보일지.

어떤 생각을 하고 있을지 처음부터 스승님은 다 예상을 하고 계셨다.

'아버지……'

초류향의 아버지 초무령은 넋 나간 얼굴로 표물 계약 문서를 바라보다 몇 번이고 공손천기를 응시했다.

그것을 지켜보던 공손천기가 흐릿하게 웃으며 입을 열었다.

"왜 그러시오? 혹시 보상이 부족하오?"

"……."

부족할 리가 있겠는가?

오히려 너무도 거대한 액수에 감당이 안 될 정도인 것을…….

하나 초무령은 입을 열어 아무런 대답도 하지 않았다.

이것은 분명 그의 인생에서 두 번 다시 찾아오지 않을 최고의 기회였다.

그렇기 때문에 생각을 잘해야 했다.

초무령은 애써 침착한 얼굴로 깊은 생각에 잠겼다.

방금 몇 번이고 읽어본 계약 문서는 완벽했다.

그리고 너무도 좋은 조건이었다.

이런 계약을 하지 않는다는 것은 그야말로 바보, 천치일 정도로.

'이게 정말 잘하는 짓인지 모르겠구나.'

여기에 계약 도장을 찍는다는 것은 그 순간 사천에 있는 모든 정도맹의 무리들과 완전히 등을 진다는 걸 의미했다.

하지만 그 부분에 대한 고민은 짧았다.

현재는 천마신교의 시대였다.

세상에 있는 모든 단체들이 천마신교와 줄을 대고 싶어서 혈안이 되어 있는 시점이 아니던가?

천마신교의 득세도 언젠가는 끝나는 날이 오겠지만, 과연 그게 언제

일지는 아무도 모르는 일이었다.

'어차피 호랑이 등에 올라탄 형국이구나.'

가만히 생각해 보면 그의 아들이 천마신교의 소교주로 있는 판국이 아닌가?

애초에 이 부분에 대해서는 고민할 필요도 없는 상태였다.

기호지세(騎虎之勢, 호랑이 등에 올라탄 형국. 하던 일을 중간에 멈출 수 없다는 뜻)라는 말을 떠올리며 초무령은 문서에 도장을 찍었다.

그렇게 천마신교의 중원 진출은 결정되었다.

第十一章
황궁에서 온 사내

그날에는 비가 왔다.

여름의 마지막을 알리는 비가 추적추적 내리고 있었다.

그 비를 맞으며 마차에서 누군가가 내려섰다.

검은색 비단옷을 입은 사내.

그는 지극히 슬픈 얼굴로 잠시 앞을 응시했다.

그의 눈앞에는 초상집이 있었는데, 사내는 그곳을 바라보다 이내 조용하게 입을 열었다.

"여기가 조기천 선생님 댁입니까?"

"그렇습니다."

잠시 동안 아무 말도 하지 않고 초상집을 지켜보던 사내가 다시 말했다.

"저 혼자 들어가 보겠습니다."

"……알겠습니다."

호위 무사가 고민하다가 허락하자 사내는 침중한 얼굴로 집 안에 들어섰다.

그리고 집 안에 들어서자마자 손님들을 맞고 있는 중년 사내의 손을 꼭 부여잡으며 말했다.

"조민규 씨지요?"

"예에. 그렇습니다만……."

"많이 힘드셨지요? 이제 제가 왔으니 걱정하지 마세요."

"……예?"

상주로 보이는 사내.

조기천의 맏아들인 조민규는 얼떨떨한 얼굴로 눈앞의 젊은 사내를 바라보았다.

자기보다 족히 열 살은 어려 보이는 사내가 갑자기 측은해하는 얼굴로 손을 잡더니 걱정 말라고 한다.

황당했지만 상갓집에서는 온갖 이상한 일들이 벌어지니 일단은 그러려니 하고 말았다.

"조기천 선생님은 정말 훌륭한 분이셨습니다."

"예에……."

조민규는 젊은 사내의 말에 잠깐 복잡한 얼굴을 해 보였다.

아버지가 밖에서야 얼마나 훌륭한 일을 했는지 알 길이 없었지만 적어도 조기천은 집안은 전혀 돌보지 않았다.

돈을 벌어오지 않았다는 말이 아니다.

생각해 보면 물질적으로는 그다지 부족하지 않았다.

빠듯하긴 했지만 남에게 아쉬운 소리를 할 만큼 가난하지는 않았다.

하지만 그뿐이다.

아버지는 몇 년에 한 번씩 집에 들러 얼굴을 비추었을 뿐.

그 대신 매달 보내오는 돈 봉투를 보며 조민규는 복잡한 마음뿐이었다.

돈 봉투가 마치 아버지 대신이라는 느낌이었던 것이다.

조기천.

즉, 그의 아버지는 단 한 번도 제대로 된 가장 노릇을 해 본 적이 없었다.

'그놈의 산법……'

그것만 생각하면 자다가도 이가 갈렸다.

아버지.

조기천은 그런 하찮은 산법이라는 것에 평생을 바쳤다.

그래서 집안이 어떻게 돌아가는지, 가족들은 잘 지내는지에 전혀 관심이 없었던 것이다.

그랬기에 이런 식으로 아버지를 칭찬하며 다가오는 사람들을 보면 몹시도 거북한 마음이 들었다.

얼마나 증오스러운 아버지였던가?

며칠 전 아버지가 죽었다는 소식을 들었을 때, 그는 별로 슬프지 않았다.

아니, 슬프지 않은 줄 알았다.

하지만 미운 정도 정이라고 관 속에 누워 계신 아버지의 시신을 마주하자 가슴속에서 무언가가 울컥거리며 올라왔다.

자는 것처럼 관 속에 누워 있는 아버지의 시신 앞에서 자신도 모르게 울었던 것이다.

중년의 나이에 접어들어서도 그렇게 울 수 있다는 것을 처음 알았다.

어머니 역시 자신과 비슷한 마음이었나 보다.

그렇게 가족들 모두가 슬픔에 잠겨 있을 때 그들에게 시신을 건네준 검은 무복의 사내가 품 안에서 무언가를 꺼내어 내밀었다.

"본 교에서 귀인의 죽음을 애도하며 보이는 작은 성의입니다. 부디 도움이 되기를 바랍니다."

아버지의 시신을 가져온 강직한 인상의 무인.

그가 내미는 것은 작은 봉투였다.

척 보기에도 돈 봉투 같았다.

하지만 별반 기대를 하지 않았다.

그랬기에 그 무사가 정중하게 조의를 표하고 돌아갈 때까지 그것을 열어보지 않았다.

그 안에 무엇이 들어 있는지도 모르고…….

'황금 일천 냥.'

무려 황금 일천 냥짜리 전표가 그 안에 들어가 있었다.

황금 한 냥이면 사 인 가족이 일 년을 넉넉하게 먹고살 수 있다.

그런데 일천 냥이다.

단순히 주는 돈치곤 이건 지나치게 많지 않은가?

아버지는 대체 밖에서 무슨 일을 하고 다닌 것일까?

단순한 산학자(算學者)가 아니셨던가?

복잡한 마음뿐이었다.

그때 그의 손을 잡고 있던 젊은 사내가 손을 풀며 천천히 향을 피우기 시작했다.

고인을 애도하는 것이다.

그리고 그것을 향로에 꽂아 놓고 그 앞에 고개를 조아리며 훌쩍거렸다.

"산법에 있어서 선생님께서는 제 스승님과 다름이 없었습니다. 돌이켜 보면 선생님과 함께했던 황궁 시절이 제 인생에서 가장 즐거웠던 시기였습니다. ……안타깝습니다. 조금만 더 기다리셨으면 제 손으로 좋은 세상을 만드는 걸 보셨을 텐데…… 그것을 못 보고 이렇게 가시다니……."

말을 하던 사내의 훌쩍거림은 점점 커지더니 곧 커다란 울음으로 바뀌었다.

"크흐흐흑, 흐어어엉!"

젊은 사내는 곧 바닥을 치며 꺼이꺼이 목 놓아 울기 시작했다.

조기천의 맏아들. 조민규는 그 모습에 크게 당황했다.

약간 태도가 이상하긴 했지만 겉모습은 멀쩡해 보이던 사내가 갑자기 서럽게 울었기 때문이다.

그리고 계속 무언가를 중얼거렸는데 무슨 말인지는 알아듣기 어려웠다.

'아버지는 대체 밖에서 무슨 일을 하신 걸까?'

가족들도 모르는 아버지의 모습을 단편적이나마 이렇게 알게 되는 것 같아 장남 조민규의 표정은 점점 복잡하게 변해 갔다.

＊　　　＊　　　＊

한참을 땅을 치며 울던 젊은 사내.

그는 얼굴을 들어 올려 퉁퉁 부은 눈으로 조민규를 바라보았다.

처음의 멀끔한 모습은 어디론가 사라지고 눈물과 콧물이 뒤섞인 그 안쓰러운 모습에 조민규는 가슴 깊이 반성했다.

가족인 자신보다 더 슬퍼하는 사내의 모습에 크게 부끄러워졌던 것이다.

"……누굽니까?"

사내는 너무 울어서인지 목소리가 쩍쩍 갈라졌다.

"예?"

조민규가 곧장 말을 알아듣지 못하자 젊은 사내는 다시금 입을 열었다.

"선생님을 저렇게 만든 사람들이 누구인지 모르십니까?"

"그, 글쎄요."

생각해 보니 그때 시신을 건네준 무인이 언뜻 하는 이야기를 듣긴 했었다.

근데 정확하게 생각나질 않았다.

당시 조민규에게는 갑작스러운 아버지의 죽음이 너무도 큰 충격이었던 것이다.

비록 집안에서 특별히 무언가를 하지는 않았지만 은연중에 아버지라는 존재는 조민규에게 커다란 버팀목이었던 모양이다.

"무림인이라는 것 외에는…… 딱히 기억이 나질 않는군요."

"무림이이인!"

젊은 사내는 퉁퉁 부은 눈을 번뜩이며 빽 소리쳤다.

그리고 낮게 이를 갈았다.

사내는 다시금 바닥을 치며 애통해했다.

"제가 그렇게 그런 무뢰배들과 어울리지 말라고 했었건만……."

힘만 쓰는 무뢰배들에게 가장 존경하는 사람을 잃었다.

젊은 사내는 그렇게 생각했다.

한참을 그렇게 바닥에 엎드려 질질 짜던 사내가 눈물 콧물 범벅인 상태로 벌떡 일어나 조민규의 손을 꼬옥 붙잡았다.

"걱정 마세요! 제가 다 해결하겠습니다."

"아…… 예."

사내는 조민규의 손을 꼭 붙잡고 있다가 문득 잊고 있던 걸 떠올렸는지 허둥지둥 소매에서 무언가를 꺼내어 내밀며 말했다.

"이건 제 성의입니다. 부디 힘내십시오!"

"……예에."

조민규가 그것을 받아 들자 젊은 사내는 옆에 있던 조민규의 어머니에게도 힘내라는 말을 남기고 다른 자제들에게도 연달아 응원을 하더니, 다시금 울컥하는지 퉁퉁 부은 눈으로 훌쩍거리다가 밖으로 나갔다.

사내의 뒷모습을 멍하니 바라보던 조기천 선생의 가족들은 문득 떠오르는 생각에 봉투를 열어 보았다.

그리고 이번에도 눈을 동그랗게 떴다.

봉투에는 전표가 들어 있었는데, 무려 황금 백 냥짜리 전표였다.

"어머니…… 아버지는 대체 무슨 일을 하신 겁니까?"

"나도 잘 모르겠구나……."

가족들도 몰랐다.

조기천이 대체 바깥에서 무슨 일을 했는지.

그들이 아는 것이라곤 조기천이 산법을 좋아하고 그것에 평생을 바쳤다는 사실 하나뿐이었다.

*　　　*　　　*

"끝나셨습니까?"

"예. 다 끝났습니다."

바깥에서 마차를 지키며 대기하고 있던 호위 무사는 젊은 사내를 마차 안으로 인도한 후 자신도 그곳에 탔다.

이윽고 마차는 출발했다.

그들이 향하는 곳은 황궁이었다.

"아무래도 대장군님을 만나 뵈어야겠습니다."

젊은 사내가 잠긴 목소리로 입을 열자 호위 무사의 눈가가 번뜩였다.

"드디어 결심하신 겁니까?"

젊은 사내는 소매로 눈가를 연신 훔치며 고개를 끄덕였다.

"예, 다만 제가 너무 늦게 마음을 정해서 대장군님과 다른 분들께 미안할 따름입니다."

"아닙니다. 대장군님께서는 충분히 기뻐하실 겁니다. 대인께서 합류함으로써 모든 것이 완전해졌습니다."

호위 무사.

그는 기쁨을 감추지 못했다.

그리고 마부에게 서둘러 대장군부로 마차를 돌리게 지시하며 속으로 생각했다.

'기뻐하십시오! 드디어 대장군님께서 생각하셨던 모든 패가 갖추어졌습니다.'

젊은 사내.

세상에 잘 알려져 있지 않았지만 그의 존재는 그만큼 거대했던 것이다.

*   *   *

"드디어 자네가 마음을 정해 준 겐가!"

대장군.

척계광(戚繼光)은 불 같은 안광을 빛내며 맨발로 뛰어나와 젊은 사내를 맞이했다.

젊은 사내.

그는 척계광의 이런 적극적인 환대에 몹시도 쑥스러운 얼굴로 고개를 돌리며 말했다.

"장군의 부름을 받고도 오랜 시간 망설인 점 죄송합니다."

"아닐세. 이제라도 자네가 마음을 잡아 주니 그저 고마울 따름이군."

척계광은 껄껄 웃었다.

오랜 기간 생각에 생각을 거듭하여 짜낸 계획을 실행할 날이 드디어 눈앞까지 다가온 것이다.

바로 눈앞에 있는 젊은 사내는 대장군 척계광이 생각했던 최고의 패였다.

세상에 드러나진 않았지만 이 젊은 사내의 혜지(慧智)는 재상으로 있는 장거정(張居正) 못지않았다.

'아니, 오히려 더 뛰어나다.'

그저 산법이라는 별난 학문에 파묻혀 있기에 이 사내의 진실된 모습을 세상이 모를 뿐이다.

척계광. 그는 그래서 오히려 이 사내가 더욱 좋았다.

세상에서 주목하든 하지 않든 묵묵히 자신의 일만 해 나가는 모습이 너무도 마음에 들었기 때문이다.

게다가 천성 또한 순후하니 얼마나 흡족한가?

지닌바 재능과 지혜를 남에게 과시하듯 드러내지 않고 그것을 악용하지도 않으며, 올바르게 사용하는 것은 이런 험난한 시대에 실로 힘든 일이었다.

'주호유(周虎柳).'

그것이 이 젊은 사내의 이름이었다.

천하제일 산법가.

그것이 이 사내를 부르는 별호였다.

"황상의 은혜를 모르는 불학무식한 무림인들을 이 기회에 완전히 쓸어버려야 하네."

맨 처음 척계광에게 이 제의를 받았을 때 주호유는 망설였다.

대장군 척계광의 기세가 너무도 위험하고 살벌했기 때문이다.

하지만 주호유도 무림인들이 위험한 존재라는 사실은 진작부터 알고 있었다.

제어할 수 있는 수단이 필요했다.

"최선을 다하겠습니다."

척계광은 웃었다.

이 사내를 얻은 것은 과거 유비가 재야에 은둔해 있던 제갈량을 얻은 것과 다름이 없다고 여긴 것이다.

"내 직접 황제 폐하의 윤허를 얻어올 테니 기다리시게나."

"예."

척계광이 의복을 갖춰 입으러 들어간 사이 주호유는 손으로 자신의 통통 부은 눈을 만지작거리며 한숨을 내쉬었다.

'앞으로 많은 사람들이 죽겠지.'

주호유의 얼굴이 어두워졌다.

사람들이 다치고 죽는 것은 별로 원하는 바가 아니었기 때문이다.

하지만 주호유는 곧 고개를 저었다.

'무림인들은 전부 다 없어져야 해.'

그랬다.

그들은 자신이 지닌 육체적인 힘만 믿고 기존의 질서를 어지럽히는 무뢰배들일 뿐이었다.

나라의 법도 지키지 않으면서 살인과 폭력을 행사하는 흉폭한 무리들.

그들은 일반 백성들을 위해서라도 사라져야 마땅했다.

'부디 저에게 힘을 주세요. 선생님.'

주호유는 저 하늘 어딘가에서 지켜보고 있을 조기천을 떠올리며 각오를 다졌다.

그에게 처음으로 놀라움이라는 감정을 가르쳐 주었던 사람이 조기천이었다.

자신 말고도 산법을 그렇게까지 깊이 있게 공부한, 그리고 그것에 평생을 바친 사람이 있을 줄은 정말 꿈에도 생각하지 못했던 것이다.

그것은 새로운 경험이었고, 주호유 일생을 통틀어 손에 꼽을 만큼 엄청난 기쁨이었다.

그랬던 사람이 허망하게 죽어 버렸다.

언제고 다시 만나서 못다 한 이야기를 나누고 싶었는데…….

주호유의 눈이 다시금 슬픔으로 물들어 갔다.

그의 산법을 유일하게 인정하고 이해해 주던 조기천을 다시 보지 못한다는 사실이 엄청난 상실감으로 다가왔다.

'근래에 제가 깨달은 것을 보여 드리고 싶었는데…….'

주호유는 조기천의 무덤덤한 얼굴을 머릿속에 떠올리며 손가락을 만지작거렸다.

그와 함께 나누었던 산법 이야기가 떠올라서 서글퍼졌기 때문이다.

'당신의 복수는 제가 해 드리겠습니다.'

전 무림을 상대로…….

그렇게 천하제일 산법가와 함께 황궁의 무력이 강호로 움직이려 하고 있었다.

〈다음 권에 계속〉

외전

조기천과 주호유

산법이라는 학문은 본래부터 인기가 없었다.

무척이나 난해하고 비실용적인 학문.

힘들게 배워 놓아도 마땅히 쓸 곳이 없는 학문.

그것이 바로 산법인 것이다.

세상의 잣대로 보기에 산법은 시간만 소모되는 비생산적인 학문이었다.

때문에 그것을 배우는 산학자들은 천시받는 것이 당연했고, 혹여 부단하게 공부하여 관직에 나가게 되더라도 하급 관리가 되는 것이 고작이었다.

그런 상황에서 순수하게 산학자로서 올라갈 수 있는 최고의 지위.

산유학사(算儒學士).

그 직위까지 오른 조기천은 산법학자로서는 어떻게 보면 대단히 성공한 경우라고 할 수 있었다.

물론 산유학사라고 해 봐야 하급 관리를 겨우 벗어나는 수준이었지만.

그런 조기천에게 갑작스럽게 찾아온 젊은 사내는 무척이나 특이한 존재였다.

"이번에 산유정에 들어오게 된 주호유라고 합니다! 조기천 산유학사님의 명성은 익히 들어 알고 있었습니다! 이렇게 만나 뵙게 되어 정말 평생의 영광입니다! 산법에 대해 많은 지도 편달을 부탁드리겠습니다!"

"……나야말로 잘 부탁하네."

황실의 산법 기관인 산유정(算儒政).

그곳에 이번에 새롭게 들어온 사내는 무척이나 들뜬 모습이었다.

숨도 쉬지 않고 단숨에 자신의 소개를 하며 절을 하는 사내의 모습은 조기천에게 꽤나 강렬한 인상을 남겼다.

사내는 몸을 일으키고 소년처럼 빛나는 얼굴로 주변을 두리번거리며 산유정 전체를 훔쳐보고 황홀한 얼굴을 해 보였다.

그러다 가끔 조기천을 바라보며 존경스러운 시선을 던지기도 했다.

'특이한 녀석이군.'

조기천은 겉으로는 특유의 무덤덤한 얼굴로 사내의 시선을 무시하고 있었지만 속으로는 무척이나 부담스러워하고 있었다.

그는 이런 시선에 익숙하지가 않았던 것이다.

그때 사내가 눈을 반짝이며 입을 열었다.

"그럼 저는 이곳에서 무엇을 하면 되겠습니까? 조기천 산유학사 님?"

"여기에 있는 것들을 종류별로 분류해 놓은 다음에 나에게 말을 해 주게."

조기천이 문 옆에 사람 키만큼 쌓여 있는 문서들을 가리키며 말하자 주호유는 고개를 힘차게 끄덕이며 말했다.

"알겠습니다. 맡겨만 주십시오!"

"……그럼 수고하게."

조기천은 주호유에게 일을 맡기고 안도의 한숨을 내쉬었다.

오늘 하루 정도는 이제 이 괴상한 녀석에게 신경을 쓰지 않아도 될 것 같았기 때문이다.

어깨를 주물럭거리며 성벽의 유지 보수 공사에 대한 견적서들을 정리하고 있을 때.

얼마나 지난 것일까?

갑자기 그 소란스러운 녀석이 다가와 입을 열었다.

"다 했습니다."

"……음?"

벌써?

그럴 리가?

설마 분류법을 모르는 것일까?

조기천은 잠시 눈을 깜빡거리다가 무심하게 자리에서 일어나 문서 더미를 훑어보았다.

그리고…….

"……."

조기천은 자신도 모르게 헛웃음을 흘렸다.

완벽했다.

문서들은 각각에 종류에 맞게 제대로 정리되어 있었던 것이다.

"무슨 문제라도 있으신지요?"

"……아니, 아닐세. 잘했군."

"감사합니다!"

잠시 무언가를 고민하던 조기천은 자신이 조금 전까지 앉아 있던 탁자를 힐긋 바라보고 난 후에 입을 열었다.

"자네에게는 다른 일을 주겠네."

조기천은 자신이 그때까지 적고 있던 문서를 보여 주며 입을 열었다.

"자네가 정리한 자료를 보고 전국에 있는 성벽들의 유지 보수 공사에 대한 비용 및 소모 인력에 대한 견적서를 내야 하네. 본래는 회계 담당 부서에서 해야 할 일이었으나 어찌하다 보니 이쪽으로 넘어오더군. 흥미 있으면 한번 해 보겠는가?"

주호유는 조기천의 말에 강하게 고개를 끄덕였다.

"예! 맡겨만 주십시오!"

조기천은 패기 넘치고 자신감 넘치는 주호유를 바라보며 설핏 웃으며 말했다.

"자네가 이 일을 끝내면 앞으로 황실 생활을 할 때 도움이 될 만한 것들을 몇 가지 가르쳐 주도록 하겠네. 그러니 부탁함세."

"예!"

잔뜩 상기된 얼굴로 일에 몰두하는 주호유를 바라보던 조기천은 곧 밀려 있던 다른 업무들을 찾아서 하기 시작했다.

'이 아이는 이곳에서 얼마나 버티려나.'

주호유를 바라보며 조기천은 살짝 걱정스러운 얼굴을 해 보였다.

산법학사들은 툭하면 다른 곳에 불려가 이리저리 잡무에 동원되기 일쑤였다.

관직 자체가 워낙에 힘이 없다 보니 여기저기서 일거리들을 가져와 떠넘기곤 했던 것이다.

산유학사는 이름과 관직만 그럴싸하지 사실상 황실의 모든 잡무들을 보는 직위였다.

그러니 새로 관리들이 들어와도 현실의 비참함을 깨닫고 며칠 버티지 못한 채 모두 관두기 십상이었다.

'이번에는 좀 오래갔으면 좋겠는데…….'

그동안 혼자서 해 오던 엄청난 양의 일들을 불쑥 등장한 도깨비 같은 녀석이 함께 해 주니 그것만으로도 조기천으로서는 한시름 덜 수 있었다.

'열흘 정도 버티려나…….'

힐긋 고개를 들어 주호유를 바라보는 조기천의 시선에는 걱정과 염려가 가득했다.

*   *   *

조기천의 염려와는 달리 주호유는 끈기 있게 산유정에서 버텼다.

한 달이 지나고, 두 달이 지나갔다.

그렇게 쉽사리 일 년이 지나고 삼 년이 되는 동안 주호유는 잔꾀를 부리지 않고 정말 열심히 일했다.

그 모습에 조기천은 주호유를 다시 보게 되었다.

"자네는 왜 산유학사를 하게 되었나?"

불쑥 묻는 질문.

주호유는 조기천의 물음에 고개를 갸웃거리다 말했다.

"물론 산법이 좋아서입니다."

당연한 것을 왜 묻느냐는 얼굴.

그 올곧고 거짓 없는 표정에 조기천은 살짝 동공이 흔들렸다.

"자네는 산법이 좋나?"

"예. 좋지요. 조기천 학사님께서는 좋지 않으십니까?"

나는 산법이 좋은가?

조기천은 스스로에게 이 뻔한 질문을 던져 보고 곧 피식 웃어버렸다.

방금 전에 주호유가 왜 자신에게 저런 표정을 지었는지 알 것 같았기 때문이다.

"당연히 좋네."

그랬다.

너무도 당연한 것이었다.

질문할 필요조차 없는 물음이었다.

'나는 산법이 좋다.'

그동안 일에 파묻혀 지내느라 잠시 잊고 있었던 감정이 새롭게 피어올랐다.

그리고 동시에 조기천은 스스로가 물러날 때가 되었음을 알게 되었다.

"내 자네에게 보여 주고 싶은 것이 있네."

"무엇입니까?"

주호유가 고개를 갸웃거리며 묻자 조기천은 그동안 자신이 황실에서 해 왔던 비밀스러운 일들에 대해 말해 주었다.

황실을 보호하고 있는 진법을 유지하고 보수하는 일.

그것에 대해서 말해 준 것이다.

"가르쳐 줄 테니 자네가 한번 해 보겠는가?"

"예!"

주호유.

이 희대의 산법 천재에게 모든 것을 전해 주고 조기천은 황실에서 조용히 은퇴했다.

주호유라면 분명 훌륭하게 해낼 것이다.

그런 믿음을 주는 사내였다.

그렇게 조기천이 관직을 내어 놓고 낙향하여 유기산법무예학당에 몸을 맡기게 된 것은 초류향을 만나기 오 년 전의 일이었다.

그리고 이때부터 운명의 수레바퀴는 빠르게 굴러가기 시작했다.

설정집 4

무공 경지에 관하여-2

정관법의 수치와 무공 수위의 상관관계

10~30 (삼류 무사)

30~40 (이류 무사)

40~50 (일류 고수)

50~70 (절정 고수)

70~90 (초절정 고수[화경])

90~? (신입의 경지)

초류향이 보는 정관법의 수치는 그 사람이 태어날 때부터 가지고 있는 잠재력입니다.

대개의 경우 일반적인 사람은 잠재력이 높더라도 자신의 재능이 어디에 집중되어 있는지 모르고 지내는 경우가 많습니다.

운이 좋아서 그것을 알게 된다고 하더라도 실제 최대치까지 끌어 올리기는 정말로 쉽지가 않습니다.

게다가 잠재력이라는 것은 어디 한 곳에 집중되어 있지 않고 다방면에 골고루 퍼져 있다 보니 실제의 수치보다 낮은 단계에 머물러 있는 게 보통입니다.(여기서 예외적으로 노진녕 같은 특별한 경우가 있겠지요. 노진녕은 무공에만 잠재력이 집중되어 있어서 딱 화경의 고수에 턱걸이로 걸쳐져 있습니다. 덕분에 그는 무공 외에 다른 것에는 별반 재주가 없다는 게 흠입니다.)

위에서 일류 고수까지는 단계별로 잠재력이 10씩 필요하다가 절정 고수 단계부터 잠재력의 수치가 많이 필요하게 된 것은, 저 단계에서 세부적인 격차가 극심해지기 때문입니다.

같은 절정 고수더라도 그 실력 차이는 사람마다 명확합니다.

화경에 거의 근접한 절정 고수는 이제 막 절정에 들어선 사람과 비교했을 때 어마어마한 차이가 납니다.

이것은 절정을 넘어서 초절정의 세계에서도 마찬가지입니다.

화경의 경지.

즉, 초절정의 고수들도 그 세부적인 차이가 극심합니다.

삼황(三皇), 오제(五帝), 칠군(七君).

이들이 명확하게 서열이 나뉜 이유가 바로 이것 때문이죠.

수치가 90을 넘는 자는 세상에 거의 등장하지 않았습니다.(제갈량이
나 혹은 그 외에 역사적으로 큰 영향을 끼친 인물들은 모두 수치가 90이 넘
는 자들이라 추정할 수 있습니다.)

90이 넘는 자들은 백 년에 한 번 등장할까 말까한 천재인 셈이죠.

그 천재들 가운데서도 공손천기는 무척이나 특별한 존재입니다.

그의 수치는 무려 '96.'

실로 압도적인 능력치죠.

공손천기가 대단한 이유는 스스로가 무엇에 재능이 있는지 정확하게
파악하고 있다는 점입니다.

본인에 대한 잠재력을 정확하게 이해하고 그것을 최대치로 끌어 올
린 희대의 천재. 그것이 바로 공손천기입니다.

그렇다면 초류향은 과연 그 수치가 얼마일까요?

공손천기보다 윗줄일까요?

아니면 그 아래일까요?

아직은 밝힐 수가 없다는 게 아쉽습니다.

수라왕에서 가끔 나오는 정관법의 수치를 보며 이 사람이 나중에 어
디까지 도달할 수 있을지 조금씩 예상해 가면서 보는 것도 또 하나의
재미일 것 같습니다.